KB110212

작지만 확실한 사랑

작지만 확실한 사랑

발행일	2021년 8월 13일

지은이	신재동		
펴낸이	손형국		
펴낸곳	(주)북랩		
편집인	선일영	**편집**	정두철, 윤성아, 배진용, 김현아, 박준
디자인	이현수, 한수희, 김윤주, 허지혜	**제작**	박기성, 황동현, 구성우, 권태련
마케팅	김회란, 박진관		
출판등록	2004. 12. 1(제2012-000051호)		
주소	서울특별시 금천구 가산디지털 1로 168, 우림라이온스밸리 B동 B113~114호, C동 B101호		
홈페이지	www.book.co.kr		
전화번호	(02)2026-5777	**팩스**	(02)2026-5747

ISBN	979-11-6539-892-7 03810 (종이책)	979-11-6539-893-4 05810 (전자책)

(주)북랩 성공출판의 파트너

북랩 홈페이지와 패밀리 사이트에서 다양한 출판 솔루션을 만나 보세요!

홈페이지 book.co.kr • **블로그** blog.naver.com/essaybook • **출판문의** book@book.co.kr

---

작가 연락처 문의 ▸ ask.book.co.kr

작가 연락처는 개인정보이므로 북랩에서 알려드릴 수 없습니다.

사랑의 고동

작지만
확실한
사 랑

신 재 동 지 음

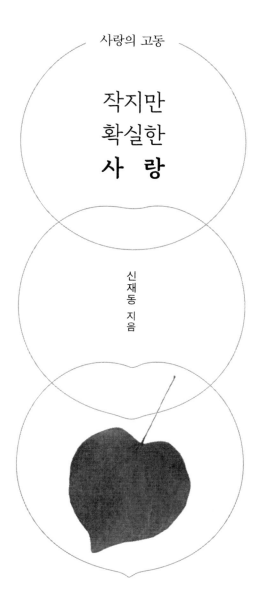

북랩 book **Lab**

책머리에

사랑 이야기라고 해서 고대 그리스의 철학(Storge, Philia, Eros, Agape, Ludus, Mania, Pragma, Philautia)을 말하고자 하는 것이 아니다. 가까운 사람들과 살아가는 현실 속에서의 사랑을 어떻게 이해하고, 받아들이고 실천해야 하는가의 문제를 말하고 싶어서 글을 쓰게 되었다.

사랑을 처음 겪어보는 젊은이들을 위시해서 나이가 40이 넘도록 파트너를 구하지 못하고 싱글로 있는 사람들이 어떻게 하면 파트너를 만나고 붙잡을 수 있을까 하는 문제까지 남자는 여자를 여자는 남자를 선택하고 그가 좋아하는지 어떤지를 판단할 수 있는 능력을 갖추는 데

초점을 두었다.

큰 부자는 하늘이 내리고 작은 부자는 부지런하면 이룬다고 했다. 사랑도 마찬가지다. 성인처럼 큰 사랑은 하늘이 내린다. 그러나 작은 사랑은 사람들이 만드는 것이다. 사랑도 부지런해야 이룬다. 자질구레한 사랑이 모여서 작은 사랑이 되고 작은 사랑이 모여서 아름다운 사랑이 된다.

인생을 살다 보면 여러 갈래의 길이 나타나고 어느 길을 선택해야 할 것인지 망설여지는 때가 있다. 그중에 사랑이라는 길이 나타나는데 이 길이야말로 인생에서 가장 중요한 길이다.

선택은 자유지만 어떻게 선택하느냐에 따라 인생이 달라지리라는 것을 우리는 안다.

어떤 문제이든 미리 알고 대처하면 모르고 당하는 것보다 낫다. 인간은 본질적으로 사랑으로 사는 존재임으로 사랑받고, 사랑해야 행복하다. 한 손에는 사랑, 다른 손에는 행복을 쥐고 있는 인생만큼 부러울 게 없다. 관심은 사랑이고 사랑은 행복이다.

사람들은 매일 하는 작은 일들로 상대방이 나를 얼마

나 사랑하는지 알게 된다. 사랑한다는 것은 매일 아침 일어나 연인이 사랑받고 있다는 것을 알리기 위해 오늘 무엇을 할 수 있는지 자신에게 물어보는 것이다. 즐거운 시간을 공유하고, 서로의 사랑에 더 많은 노력을 기울일수록 그 대가로 알차고 오롯한 사랑을 받게 된다.

사랑에 굶주린 사람, 사랑에 지치고 힘들어하는 사람, 목말라 애타게 기다리는 사람. 왠지는 모르겠으나 사랑이 내게 오지 않는 사람을 위해서 책을 쓰고 싶었다.

늦게나마 소설을 쓰느라고 사랑을 찾게 되었고, 나와 내 주변에서 일어났던 사랑 이야기에서 새로운 것을 알게 되었다. 알게 된 이야기들을 나름대로 분석하였다. 오래 살다 보면 삶의 지혜, 경험의 힘, 보고 배운 것도 많은데 이것 중에서 사랑 이야기만 추려서 한데 모아 필요로 하는 사람들에게 들려주고 싶었다. 삶은 순간순간의 연속인데 어떤 순간은 세세한 구석까지 선명하게 사진처럼 잊혀지지 않는다. 잊혀지지 않는 장면들의 다수는 사랑 이야기이고 그 이야기들을 쓰고 싶었다.

사람 사는 곳에는 이야기가 있기 마련이고 이야기의 중심이나 언저리에는 늘 사랑이 도사리고 있다. DNA 구조가 같은 사람이 있을 수 없듯이 사랑도 사람 따라 제각각이다. 사랑은 자아상에 따라 달리 나타난다. 건강한 자아상을 지닌 사람에게서는 긍정적이면서 건강한 사랑이 싹트고 가난한 자아상을 지닌 사람에게서는 부정적이면서 가난한 사랑이 싹트는 게 일반적이다.

　사랑의 불씨는 만남으로 지펴지지만 지펴진 불씨는 자아상에 따라 달리 형상화되어 간다. 그러면서도 사랑은 명리학에서 말하는 운명과 같아서 변수가 너무 많다. 사랑은 감정과 행동의 결합이면서 고귀하고 아름답지만 이루어지는 과정은 쉽지 않다.

　자아상에 따라 사랑운이 달라지기도 한다. 사랑의 주인은 오로지 자신뿐이지만 사랑도 운이 있어서 언제 어디서 어떻게 누구를 만나느냐 하는 것은 운이 반이다. 운이 따르면 뭘 해도 되고, 운이 안 좋으면 뭘 해도 안 된다. 그렇다고 운에만 의존할 것도 아니다. 자신의 자아상을 사랑의 기술로 잘 활용하면 운도 극복된다.

누구를 언제 어디서 어떻게 만나 사랑을 꽃피우게 될지 예측하는 건 불가능하다. 미지의 세계에서 탄생한 사랑이 어떻게 익어갈지 아무도 모른다.

무엇보다 중요한 것은 욕심을 내려놓으면 인성이 돌아오고 자아상이 변한다. 자아상이 변하면 사랑도 깊고 유순해진다.

2021년 8월

신재동

chapter. 2

봄소식

chapter. 3

강아지

chapter. 4

아름다운 날들

chapter

1

들꽃

풀밭을 거닐다가
나는 꽃을 만나 반갑고
꽃은 나를 보아 반갑고
꽃도 웃고 나도 웃고

사랑은 동물의 언어로 아름답다

사랑은 세상에서 가장 고귀하고 아름다운 것으로 눈으로 보거나 귀로 들을 수는 없지만, 마음으로 느낄 수는 있다.

사랑을 백과사전에서는

1. 다른 사람을 애틋하게 그리워하고 열렬히 좋아하는 마음.

2. 다른 사람을 아끼고 위하며 소중히 여기는 마음.

3. 어떤 대상을 매우 좋아해서 아끼고 즐기는 마음.

결국, 사랑은 마음이다.

백과사전의 해석만으론 충분한 해석이라고 하기에는

작지만 확실한 사랑

조금 미흡한 것 같다. 좀 더 구체적으로 알기 쉽게 파고
들어가 보자.

사랑은 늘 함께하고 싶은 것.

사랑은 서로 도와주고 아껴주는 것.

사랑은 서로의 관심이 같은 것. 자신의 꿈을 이야기해
주는 것.

사랑은 알고 있는 모든 것을 다 가르쳐 주고 싶은 것.

사랑은 만지고 싶은 것, 만져도 싫지 않은 것.

사랑은 맨발로 모래를 밟는 것처럼 간지럽고, 부드럽
고, 감미로운 것.

사랑은 무작정 오는 것. 예고도 없이 나타나는 것.

사랑은 속삭이는 것. 조용히 속삭여 주는 것.

사랑은 나이 차이도 가리지 않고, 동성도 가리지 않고,
생활능력도 따지지 않고, 속절없이 좋은 것.

사랑은 첫눈에 번쩍 띄는 것, 휙이 꽂히는 것.

사랑은 만나면 좋고, 함께하면 더 좋고, 헤어지면 아쉽
고 그리운 것.

사랑은 얼굴을 서로 비비고 싶은 것.

사랑은 숨결을 느끼고 싶은 것.

사랑은 서로 확인하고 싶은 것.

사랑은 누군가에게 환대받는 것.

사랑은 손해 본다는 느낌이 들지 않는 것.

사랑은 나란히 걷는 것.

사랑은 우산을 같이 쓰는 것.

"사랑이란 미안하단 말을 안 하는 거야."

1970년 영화 〈러브스토리〉에 등장한 말이다. 사랑 영화 속의 100대 명대사 중 13위에 랭크한 대화다.

인간은 근본적으로 사랑하고 싶고, 사랑받고 싶은 욕구가 존재한다. 사랑은 인간의 가장 기본적인 감정의 욕구이기도 하다. 모든 과정에서 사랑이 빠지면 일을 그르치기 쉽다. 사랑을 말할 때 언어만 가지고 표현하기에는 충분하지 못하다.

사랑하는 마음을 표현하기 위해서 모든 방법이 다 동원되고 그것도 모자라서 오만가지 아이디어를 짜낸다. 그림을 그려 보여주기도 하고, 음식을 만들어 주기도 한다.

작지만 확실한 사랑

노래를 불러주기도 하지만 노래를 들어주는 것도 사랑이다. 음식을 먹어주는 것도, 그림을 이해해 주는 것도 모두 사랑이다. 사랑은 작은 것들이 지속적으로 모여 큰 것이 되는 것이지 어느 날 갑자기 큰 사랑이 만들어지는 것이 아니다.

사랑은 상호 존재하는 것이어서 사랑 앞에 노래가 절로 나올 뿐 아니라 잘못 부르는 노래일망정 들어주는 것도 사랑이다. 부르는 것도 단련으로 터득한 기술이지만 듣는 것도 터득해야 하는 기술이다.

사랑은 낙서 속에 사랑하는 사람의 이름을 수없이 쓰고 또 쓰는 것.

사랑은 사랑하는 사람의 얼굴을 보지 않고도 그리는 것.

사랑은 서로 닮아 가는 것. 사랑은 취미도 맞춰 가는 것.

사랑은 기다리는 마음. 기다리면서도 행복한 마음.

사랑은 상대가 하는 걸 좋아하는 것.

사랑은 웃음이 헤퍼지는 것. 만나면 웃음이 저절로 나오는 것.

사랑은 묻지 않고 짐을 들어주는 것.

사랑은 안아주고 싶은 것. 남들이 보아도 부끄럽지 않은 것.

사랑은 마음으로 느끼는 것.

사랑은 함께 추억을 나누는 것.

사랑은 인정받고 싶어 하는 마음. 사랑하고 있다는 사실을 인정받고 싶어 하는 마음.

사랑은 그가 원하는 것이 무엇인지 알아차리고 그렇게 해 주는 것.

사랑은 아껴 주고 위해 주는 것.

사랑은 칭찬해 줌으로써 기쁘게 해 주는 것.

사랑은 부탁받은 일은 꼭 해주고 실천해 주는 것.

사랑에 빠지면 행복하다. 행복해서 한 말 또 하고 확인한다. 불같이 타오르는 뜨거운 감정이 실재하는 건지 확인하려 든다. 사랑은 서로의 감정을 매료시킨다. 서로를 생각하면서 잠자리에 들고 아침에 일어나면 제일 먼저 그를 생각한다. 함께 시간을 보내는 것이 천국인 것 같다. 손을 잡으면 서로의 피가 통하는 것 같고, 키스에서 떨어지기 싫다. 서로 포옹하는 것이 당연한 것으로 남이 흉보

작지만 확실한 사랑

아도 좋다.

　사랑은 의식적으로 사랑할 수도 있고 무의식중에 사랑
할 수도 있다. 사랑은 보이지 않지만 어디서나 이루어지
고 내 몸 주변에서 맴돌고 있다.

　사랑은 아침에 떠오르는 태양 같고 저녁에 반짝이는
별 같다.

　사랑은 마음으로부터 우러나오는 것.

　사랑은 돈으로는 살 수 없는 것.

　사랑은 유리 같은 것. 깨지기 쉬운 것.

　사랑은 행복과 고통이 동반하는 것.

　사랑은 미움이다.

　사랑이 가장 빛나기로는 모르게 사랑해 줄 때 고귀하다.

　사랑은 심부름이다. 시키지 않아도 해주고 싶은 마음
이다.

　사랑은 연마(Practice)다. 사랑은 자기 체면이다. 우리가
마신 산소와 먹은 음식이 몸에서 합쳐서 에너지가 된다.
그러나 거기에 사랑이 보태지면 에너지는 두 곱으로 상
승작용을 한다.

사랑하려면 먼저 사랑의 마음을 보여줘야 한다.

사랑은 같이하는 일에 공감하는 것.

때로는 같은 목표를 향하는 공감대를 이룰 수도 있고, 영화관에서 영화를 보면서 같은 공감을 이루기도 한다. 떡볶이집에서 순대를 먹을까 떡볶이를 먹을까 고민하다가 둘 다 시켜놓고 나눠 먹는 것. 맛에서 공감대를 이루는 것만으로도 사랑을 확인하는 것. 우리는 같다고 느끼는 것.

사랑은 상대의 말을 들어주는 것이다. 말만 듣는 게 아니라 감정도 읽어낸다.

사랑하는 마음이 있어야 이야기를 들어줄 수 있다. 사랑하는 마음이 없으면 귀 기울여 듣지 않는다.

사랑하는 사람의 말을 들어준다고 해서 사랑의 표현이 충분한 것은 아니다. 말을 열심히 듣기 위해서는 눈빛을 마주 보며 진지하게 귀 기울여 이해하려고 노력해야 한다. 건성으로 듣거나 딴청을 부린다면 상대에게 실망을 주고 만다.

두 사람이 카페에 앉아 이야기를 나누다가 여자에게

카톡이 왔다. 여자는 말을 들으면서 카톡을 열어보고 얌전하게 꺼버렸다. 하지만 남자는 여자의 행동에서 은연중에 내 말에 관심이 없구나 하는 생각이 든다.

또는 남자에게 물어보면 남자는 알고 있으면 '안다', 모르면 '모른다'고 말해 주면 될 것을 자기 친구에게 전화를 걸어 자문을 구걸한 다음 알려주면 여자는 고마움을 느끼는 게 아니라 우리 둘 사이에 친구가 끼어드는 것 같아 호감도가 줄어든다.

사랑이란 무엇이며 사랑이 아닌 건 무엇인가?

사랑은 아름다운 것, 근사한 것.

사랑은 미묘하고 조용하며 섬세하다.

사랑은 강력하지만 강인하지는 않다.

사랑은 너와 나의 국경이 해체되는 것.

사랑은 나쁜 길로 빠질 수 없는 것.

질투는 사랑이 아니며, 사랑의 증거도 아니다.

욕망은 사랑과 동시에 일어날 수 있지만, 같은 것은 아니다.

욕망에 압도당하면 진정한 사랑을 하기 어렵다.

관심은 사랑이며 사랑하면 행복하다.

사랑이란 의미는 너무 광활해서 섣불리 말할 수 없다.
사랑의 진정한 의미를 발견하기 전까지는 사랑을 안다
고 말하지 마라. 사랑은 우리가 어렸을 때 읽었던 동화가
아니다. 사랑은 누군가와 함께 인생을 여행하면서 기쁨
이나 슬픔에 부딪히면서 일어나는 믿기지 않는 강한 유
대감이다. 진정한 사랑은 완벽해야 한다는 뜻이 아니다.
사랑은 지저분하고 복잡하며 오래 함께한다. 그리고 사
랑은 전혀 예상하지 못할 때 다가온다.

작지만 확실한 사랑

02

'오빠', '오빠야'

오빠는 좋은 사람. 보고 싶은 사람, 수호천사, 믿어도 될 사람, 한번 좋아진 오빠는 또라이든, 츤데레든, 쓰레기든 상관없이 좋다. 오빠는 여보와는 달리 의존적이고 오빠는 영원히 동생을 사랑해 줘야 하는 존재다. 사랑받고 싶어 하는 여자들에게 꼭 맞는 호칭이다.

한번은 한국에서 양구 가는 시외버스를 타고 가다가 뒷자리의 군인 커플이 하는 소리를 듣게 됐다. 아마 만난 지 얼마 안 된 모양이었다. 남자가 말했다.

"호칭을 뭐라고 부를까요? 경애 씨? 이건 너무 징그럽고……."

"경애야, 하세요. 나는 이미 정했으니까."

"뭐라고 정했는데요?"

"오빠야……. ㅎㅎㅎ"

어른들은 젊은이들이 남편 또는 애인을 '오빠'라고 부르는 것을 못 마땅해한다. '여보'나 '당신'처럼 좋은 용어가 있는데 구태여 촌수도 안 맞는 '오빠'가 뭐냐고 나무란다.

옛날에는 엿이 가장 단 음식이었다. 그 후로 사탕이 등장하면서 달콤한 사탕 맛을 본 여성이 이혼도 불사하는 사건이 벌어지기도 했다. 지금은 초콜릿처럼 달다 못해 설탕보다 두 곱 세 곱 단 음식이 얼마든지 있다. 이혼은 아무것도 아닌 세상이 되었다.

달콤함이 없는 사랑은 그만두겠다는 거다. 사랑의 표현도 사탕 맛처럼 좀 더 단맛, 아주 단 맛으로 발달해 나가야 한다.

오빠는 스위트하트(Sweetheart: 애인)보다 강력하고 현재로써는 당해낼 호칭이 없다. 오빠라는 말 속에는 보호 감정을 느낀다. 부족하면 채워주고, 모르면 가르쳐 주고, 하지만 감시도 당한다. 감시는 곧 사랑한다는 증거다.

작지만 확실한 사랑

때로는 술집 같은 데서 알지도 못하는 여자로부터 오빠라는 호칭을 듣기도 한다. 아양 섞인 목소리로 "오~빠~" 하며 콧바람을 일으킨다. 무엇이라도 주고 싶은 마음을 불러일으키려는 수작이다.

오빠라는 말은 어느 계층에나 어울리는 휘뚜루마뚜루 호칭이다. 하다못해 노인들도 오빠라는 말은 듣고 싶어 한다.

애인이나 부부 사이에 이름을 부른다는 것은 난처한 일이다. 이름 대신 애정 어린 사랑 용어 내지는 가벼운 별칭을 사용해야 한다. 미국인에게는 애인이나 부부 사이에 부르는 용어가 매우 발달해 있다. 가볍게 '베이비(Baby)', '베이브(Babe)'는 '자기'라는 표현으로 우리도 사용하고 있는 용어다. '버니(Bunny)'는 토끼인데 미국에서 토끼는 섹시한 여성을 의미한다. 이 용어는 집에서 사용할 뿐 밖에서 쓰는 용어는 아니다. '허니(Honey)'라는 대중적인 용어도 있지만 우리 말로 '허니' 하고 부르면 어색하고 거부반응도 일어난다. 비슷한 용어로 '스위트하트(Sweetheart)'도 있다. '슈가(Sugar)'도 흔하게 통용된다. 달콤한 맛을 싫어하는 사람은 없다. 애인에게 듣기 좋은 말을 고르다 보니 달콤한 단어가 모두 튀어나왔나 보다.

그 외에 애인에게 잘 보이려고 알랑대는 표현도 있고 애인을 귀하게 표현해 주려고 '공주님, 왕자님(Prince, Princess)' 하면서 서로들 높이는 예도 있다. 또는 '천사(Angel)'라고 부르기도 한다.

우리가 흔히 아는 '달링(Darling)', '디어(Dear)', '돌(Doll)', '포펫(Poppet)' 이런 말들은 전형적인 용어여서 마치 우리의 '여보', '당신'과 같은 말이다. 구닥다리 냄새가 나기에 지금은 별로다.

미국 사람은 애정표현을 자연스럽게 한다. 그러나 한국 사람은 쑥스럽고 어색해한다. 한국인이나 미국인이나 애정 용어, 사랑 용어를 사용하는 사람은 그렇지 않은 사람보다 인간관계에서 주고받는 행복감이 더 크다. 사랑 용어를 사용하면 서로 더 친밀하거나 더 가까워진다. 사랑하고 싶은 사람이나 친해지고 싶은 사람에게 애정 어린 용어를 사용하면 효과가 나타나는 것은 분명한 사실이다.

우리 사회에 널리 퍼져 있는 사랑 용어 중에 단연 1위

작지만 확실한 사랑

는 '오빠'라는 호칭일 것이다. 오빠는 부르는 사람도 부담 없고 듣는 사람도 기분 좋아한다. 그러나 윗사람들은 듣기 싫어한다. 듣기 싫어하는 이유 중에 가장 큰 이유는 질투심 때문일 것이다. 너무 진한 애정표현을 상대방은 좋아할지 몰라도 옆에서 듣고 있자면 거부감이 일어난다. 어떤 용어든 때와 장소를 가려가면서 사용해야 하는 것처럼 '오빠'도 가려서 사용하면 이보다 더 훌륭한 사랑 용어는 없다.

늙었다고 해서 사랑 용어를 사용하지 말라는 법은 없다. 여보, 당신 대신 오빠라고 부르면 처음 듣기에는 거부 반응이 일어나겠지만 몇 번 들으면 그것도 들어줄 만해진다. 두 늙은이만 사는 집에서 오빠라고 부른들 어떠랴. 기분이라도 젊어질 수만 있다면.

풍부한 표현력을 지녔고, 지구상 어느 나라 말보다 과학적이며 현대 감각이 뛰어난 위대한 한국어에서 애정표현을 나타내는 용어가 빈약하다는 것은 슬픈 일이다.

03
|

사랑 표현의 지혜(친하지 않은 사람에게)

처음 사귀는 이성이 마음에 든다면 넌지시 마음을 전해야 하는데 그게 그렇게 쉬운 일은 아니다. 마음을 전해야겠다는 것은 사랑을 시작할 준비가 되어 있다는 것이다. 사람은 모두 달라서 사랑을 표현하는 방법도 같을 수 없다. 어떤 사람은 메모나 칭찬을 통해서 마음을 전하기도 하고, 어떤 사람은 선물이나 식사를 즐기면서 전하기도 한다. 친구의 지원을 받거나, 무작정 데이트 신청을 하기도 한다. 대범한 사람이라면 그래도 되겠지만 여자처럼 소심한 사람일 경우 함부로 나서기가 쉽지 않다. 처음 만난 남자가 마음에 든다고 솔직하게 "만나 보니

작지만 확실한 사랑

마음에 드네요, 계속 만나고 싶어요." 이렇게 까놓고 말할 수 있는 여자는 몇 안 된다. 혹시 남자라면 그렇게 말할 수도 있겠으나 여자로서는 말하기가 좀 그렇다. 잘못하다가는 교양 없는 여자로 보일 수도 있고 천박하게 보일 수도 있다.

부모님, 친지의 등쌀에 못 이겨 억지로 끌려 나왔다느니, 종교 이야기, 자신의 약점에 관한 이야기는 하지 않아야 한다. 그렇다고 연봉이 많다고 자랑하면 남자를 주눅 들게 하는 말이 된다.

알고 싶은 것을 묻지 말라는 것은 아니다. 묻기는 하되 에둘러서 물어보는 지혜가 요구된다. "내 첫인상이 어때요?", "어떤 친구들을 좋아하세요?", "좋아하는 일에 빠져본 적 있나요?" 하는 식이다.

남자라면 적극적으로 나서야 한다. 여자는 자신감 있는 남자를 좋아한다. 바쁘다는 말은 연락하지 말라는 말로 들리기 쉽다. 사실은 바쁘더라도 바쁜 사람이라는 인상을 주면 여자는 연락 안 한다. 대신 만나서 헤어질 때까지 눈맞춤을 계속하면 여자의 인상에 남는다.

어떻게 하면 그에게 슬기롭고 안전하게 접근해 갈 수

있는지, 어떻게 확실한 사랑을 전할 수 있는지 지혜를 짜 보자.

메모지를 활용하는 표현방식도 있다.

요즈음은 SNS가 발달해서 누구나 쉽게 의사를 전달할 수 있게 되어 있다. 남녀 간에 사랑 표현도 여러 방법이 있겠으나 카톡으로 보낼 게 따로 있고, e-mail로 보내야 할 것이 따로 있고 직접 글로 써서 보낸다거나 메모지에 남길 말도 따로 있다.

카톡은 너무 가볍고, e-mail은 너무 진지하고, SNS를 통하면 보고도 잊어버릴 수 있다. 글로 쓰는 편지는 사연이 있을 때 활용해야겠지만 메모는 간단하면서도 진심이 담겨 있어 보이고 또 간직할 수 있어서 오래간다.

"같이 저녁 식사?" 날짜와 시간, 장소를 정해 주면 부담스러워하기 때문에 오픈 상태로 놔두는 것이 좋다(본인은 다 정해 놓고 있지만).

부부라든가 서로 친한 사이라면 "사랑해", "내가 사랑하는 거 알지?", "이따 만나", "또 보고 싶어" 이런 간단한 표현들을 말이나 카톡으로 보내면 반은 장난 같기도 해서 들어줄 수도 있고 안 들어줄 수도 있는 빌미를 주게 된다. 하지만 메모지를 사용한다면 쉽게 잊어버리거나 거절하기 어렵다는 장점이 있다.

종이컵 커피를 사다 줄 때 '4cm×3cm' 작은 스티커 메모지에 써서 커피 컵에 붙여서 준다든지, 같이 점심을 먹고 헤어질 때 누룽지 사탕과 함께 준다든지, 데이트하고 헤어질 때 손에 쥐어 준다는 식으로 활용하면 작지만 확실한 사랑의 표현이 될 것이다.

그렇다고 헤프게 만발하면 역효과가 날 수도 있다.

함께 외출하거나 데이트할 때는 늘 첫 번째 데이트 때처럼 하는 게 좋다. 나의 관심을 모두 그에게 집중하는 거다. 매사 행동 하나하나가 그를 위한 것이라면 그는 감사해할 것이다. 사람의 마음을 움직이게 한다는 것은 여간해서 되는 게 아니다.

오랫동안 사귀어 온 친구라면 매번 첫 데이트처럼 할 수는 없다. 그가 무엇을 했을 때 좋아했던가를 기억해 두는 게 좋다. 시간이 흘렀다고 해서 유머 감각을 잃어서는 안 된다. 손을 잡았을 때 꾹꾹꾹 세 번 눌러주면서 사랑의 표시임을 말해 준다. 그가 세 번 꾹꾹꾹 눌러 오거든 '나도'라고 세 번 눌러 화답하며 웃어준다. 작지만 확실한 사랑의 전율이다.

친한 친구와는 어떻게 지내는지 되새겨 보고, 사귀는 그에게도 그런 식으로 대해야 한다. 눈빛을 맞추고 잘 들어준다. 휴대폰을 진동으로 돌려놓고 깊숙한 곳에 넣어둔다. 나에게는 전혀 관심이 없는 이야기를 하더라도 진지하게 들어준다. 이심전심이라고 건성으로 "응, 응" 하는 소리가 상대에게 그대로 전해진다는 사실을 명심해야 한다. 당신은 나의 무지개이며 꿈이 될 사람이라는 것을 은연중에 느끼게 하는 것이 가장 좋은 사랑 표현이다.

어떤 사람은 말하는 걸 좋아하고, 어떤 사람은 이야기 듣기를 좋아하는 사람이 있는가 하면 어떤 사람은 한쪽 귀로 듣고 다른 귀로 흘려보내는 사람도 있다. 어떤 사람은 얼마나 사랑하는지 듣고 싶어 하지만, 다른 사람은 말보다는 행동을 원하는 사람도 있다.

아직 겪어보지 않아서 상대를 잘 모를 때는 무작정 친

절하면 플러스가 된다. 작은 일에도 친절해야 한다는 말이다. 그도 눈치가 있는 사람이어서 내가 친절하다고 해서 아무에게나 다 친절하지 않다는 것을 은연중에 깨달을 것이다. 자기만을 위한 친절이라는 것을 알게 되면 작게나마 마음이 움직이게 된다. 예를 들어 가방을 들어준다거나, 힘든 곳에서 손을 잡아 준다는 간단한 것들이다. 만일 결혼한 사이라면, 그가 하기 싫어하는 일들을 도와주는 거다. 집 안 청소를 도와준다거나, 세탁물을 접는 것 같은 사소한 일을 해 주는 것이 사랑의 표현이며 이로 인해 이성의 마음이 흔들릴 수도 있다.

사랑스러운 말들을 골라서 하면 좋다. 미국에서는 온유하고 사랑스러운 말이 많이 발달해 있다. 언뜻 듣기에 입발림처럼 들리지만 그래도 듣기 좋은 건 사실이다.

한국인들은 사랑스러운 말이 익숙하지 않아서 낯간지럽고 화끈 달아올라서 도저히 할 수 없다고 생각한다. 맞는 말이다. 한국인의 문화와 정서가 서양인과 달라서 서양인처럼 대놓고 표현할 수는 없다. 설혹 낯간지러운 소리를 한다면 이 사람 제정신인가 하는 의심을 받기 쉽다.

하지만 사랑스러운 말을 하는 데 돈이 드는 것도 아니고 심혈을 기울여 노력해야만 하는 것도 아니다. 조금만 훈련하면 되는 사소한 것들이다. 처음에는 어색하고 입이 떨어지지 않겠지만 작은 것부터 시작해서 조금씩 강도를 높여가는 것이다. 무엇보다 하고자 하는 진지함 그 자체를 그는 좋아한다는 점이다.

한 가지 명심해야 할 것은 그가 말할 때 TV를 보거나 딴청을 부리지 말아야 한다. 그가 말할 때 하던 일을 계속하면서 한쪽 귀로만 듣는 듯한 느낌을 주는 것은 좋지 않다. 진지하게 들어주는 것만이 사랑에서 우러나는 표현이기 때문이다.

아이가 달려와서 엄마에게 지금 금방 벌어진 일을 들려줄 때 엄마는 반짝이는 눈빛으로 아이를 바라보며 진지하게 들어줌으로써 아이는 엄마의 사랑을 확인하는 것이다.

성인도 다르지 않다. 아이에게 한 것처럼 성인에게도 해 주면 분명한 사랑이 전해지는 것이다.

간단한 사랑 표현으로 당장 써먹을 수 있는 말을 추려보자.

"웃어요, 웃으면 행복해 보이잖아요?"

"내 꿈의 세계를 펼쳐줄 사람이 누구인지 아세요?"

"이게 다 그대가 도와주었기 때문이에요."

"무슨 일이 있어도 같이 웃고, 같이 울자고요."

"그대와 똑같은 사람 있으면 소개해줘 봐요."

"당신은 내게 사랑을 가르쳐준 메신저야."

"내 가슴에 손을 대보면 들릴 거야 사랑의 노래가."

"당신의 웃는 얼굴이 당신의 자산이야."

"이게 다 당신이 도와주었기 때문이야."

"당신이 최고야."

"웃어요, 심장에 좋다니까. 심장은 사랑이잖아."

진심으로 감사하는 마음을 지녀야 한다. 말을 잘할 필요는 없다. 듣고 싶어 하는 말을 해주는 게 기술이다.

"보고 싶었다", "그립더라", "카페에서 좋은 음악이 흘러나오는데 같이 듣고 싶더라", "네 생각이 나더라"

이것은 사실이었고 정말 그렇게 생각했던 것을 말해주는 거다. 말해 주지 않으면 그는 알 길이 없다. 만일 거짓으로 꾸며 말한다면 그도 눈치챌 것이니 안 하느니만도 못하다.

커피숍에 여러 사람이 앉아 있지만, 그만이 유일하게 중요한 존재라는 걸 은연중에 느끼게 해야 한다. 보는 앞에서 스마트폰의 전원을 꺼놓음으로써 당신과 만나는 것보다 더 중요한 건 없다는 걸 보여주는 거다. 또는 약속이나 엄마의 생일처럼 중요한 이야기가 나오면 즉시 메모해 놓는 것이 보는 이로 하여금 그에게 관심이 많다는 것을 은연중에 보여주는 거다. 그러면 알게 모르게 사랑의 표현이 전해지는 것이다.

언제나 그를 믿고 지지해 주는 것이 지혜다. 사귀는 친구가 일요일이면 스포츠 모임이나 놀러 간다고 하거든 그냥 내버려 두는 게 좋다. 같이 가겠다고 나서지 않는 게 낫다. 초대하고 싶으면 할 거다. 설혹 모임에 이성들이 있다손 치더라도 즐거운 시간을 갖겠다는 건 아무 문제가 되지 않는다는 걸 보여주는 거다. 질투하지 않는 게 좋다. 어느 날 그가 초대한다면 모임에 가서 그의 친구들이 내게 집중하도록 신경 쓰지 않아야 한다. 모두 함께 시간을 즐기면서 그를 관찰하는 거다. 가끔은 친구의 친구들을 통해서 이성 친구에 대해 많은 것을 배울 수도 있고 알아낼 수도 있다.

그의 취향을 이해하고 살려주는 노력이 있어야 한다. 사랑도 거저는 없다. 만약 그가 내 집을 방문할 기회가 있다면, 그가 좋아하는 것들을(미리 알아 두었다가) 준비해 놓는 것이다. 예를 들어 그가 즐겨 마시는 음료수나 커피 또는 과일 아니면 그가 좋아하는 향기를 준비해 놓는 것이다. 만일 그가 책을 좋아한다면 시, 소설, 에세이 등 어느 분야를 좋아하는지 미리 알아 두었다가 그 분야를 준비한다든지, 그가 얼마 전에 읽었다던 책을 사서 직접 읽어보고 그와 책 이야기를 나눈다든지, 영화나 다큐멘터리를 좋아한다면 이것 역시 최근 것으로 준비해 놓았다가 함께 감상하는 것도 방법이다.

그는 자신이 좋아하는 기호품들을 접할 때 이 사람이 나를 위하여 얼마나 신경을 쓰는지 알게 될 것이다. 알게 모르게 사랑의 표현이 전해지는 것이다.

때로는 그에게 선물을 주거나 받는 것도 생각해 볼 필

요가 있다. 같이 길을 가다가 아니면 같이 놀러 갔다가 단순한 물건이지만 그가 좋아하는 것 같으면 큰돈 드는 게 아니면 사 주는 것이 좋다. 그 물건을 볼 때마다 생각날 것이다. 아니면 내 마음에 드는 물건이 있으면 직접 사지 말고 사달라고 부탁하라. 두 사람에게 추억이 될 것이다.

생일이나 기념일 같은 명색이 있는 날을 위한 선물은 그에게 의미가 된다. 경제적 여유가 있다면 스포츠 티켓 같은 선물이 큰 의미가 되기도 한다.

그의 답답한 문제를 들어주는 분출구가 되도록 노력하는 거다. 누구나 살다 보면 좌절이나 스트레스를 받는 어려운 일에 봉착할 때가 있기 마련이다. 그런 답답한 문제들을 친한 친구나 가까운 선배에게 털어놓고 위안을 얻는 예가 종종 발생한다. 그의 무거운 짐을 같이 들어주는 거다. 들어만 줬지 해결책을 제시하지는 않는 게 좋다.

"당신의 감정을 충분히 이해한다" 정도로 안심시키고 감정을 풀어주는 선에서 끝내는 게 좋다. 답답한 문제에 같이 빠져들면 후일 헤어나지 못할 수도 있기 때문이다. 문제는 늘 유동적이어서 어떻게 발전해 나갈지 아무도

작지만 확실한 사랑

모르기 때문이지만, 적어도 내가 얼마나 신경을 쓰는지를 보여주어야 한다.

내가 스트레스받는 문제를 들려주는 것도 한 방법이다. 해답을 얻으면 좋고 꼭 그래서가 아니라 서로 힘들어하는 일이 무엇인지 알아내는 방법이기 때문이다.

매사 주도권을 그에게 넘겨주는 지혜가 필요하다. 그의 앞에 나서서 설치지 말고 먼저 그에게 주도권을 넘겨주고 난 다음 천천히 그것도 은밀하게 되돌려 받는 기술을 터득하는 게 좋다. 예를 들어 같이 TV를 볼 때도 프로그램 가지고 싸우지 말고 그에게 리모트 컨트롤을 넘겨줌으로써 그가 통제하게 하면 내가 그를 얼마나 아끼는지가 은연중에 전달된다.

그가 좋아하는 일을 같이 즐기는 게 좋다. 그의 취미 활동을 듣다 보면 그가 무엇을 좋아하는지 알 수 있다. 바리스타 자격증을 따러 다닌다든지, 등산 모임의 멤버, 스포츠 행사, 축제, 영화 등 그의 취미 활동에 관심이 있음을 보여주는 거다. 관심을 보이다 보면 나도 어느새 좋다는 것을 발견할 수도 있다.

모임의 멤버들과 함께 깜짝 이벤트를 선물한다면 그도 놀랄 것이다. 기억에 남을 만한 경험을 주기 위해 얼마나 많은 생각과 노력을 기울였는지 알게 되면, 그는 내가 그를 얼마나 사랑하는지 알게 될 것이다.

가벼운 포옹으로 인사하는 것도 생각해 볼 일이다. 만나거나 헤어질 때 목인사나 하는 정도를 지나서 악수까지 갔다면 그다음으로 가벼운 서양식 포옹 인사를 준비해 보는 것도 좋다. 포옹에 앞서서 그가 가벼운 포옹 정도는 수용할 타입인지 아닌지를 판단하는 게 중요하다. 괜찮다는 판단이 서면 어느 날 만났을 때 가볍게 포옹하고 등을 어루만져주는 서양식 인사로 발전시켜도 좋다. 한번 성공하면 다음부터는 만나거나 헤어질 때 가벼운 포옹 인사를 함으로써 대화도 자연스러워지고 유대관계가 더욱 깊어지는 것을 느낄 것이다.

이성 친구의 엄마를 만나보는 것은 매우 중요하다. 뭐니 뭐니 해도 이성 친구와 가장 친밀한 사람은 엄마이기 때문이다. 엄마뿐만이 아니라 친구의 형제, 할머니까지 알아 두면 더욱 좋다.

기회 있을 때마다 친구의 주변 사람들에게 친절을 베풀어서 후한 점수를 따놓는 것이다.

엄마나 할머니에게 신년 연하장을 보내 준다든지 형제들에게 크리스마스 카드를 보내 주는 것도 좋은 방법이겠다. 연하장이나 카드를 보내는 일이 꺼림칙할 수도 있겠으나 사서 보내는 게 아니라 직접 그려서 성의와 정성을 보여주는 것은 전혀 꺼림칙해 할 일이 아니다. 작지만 확실한 사랑을 전하는 것이다.

연하장이나 카드를 보낼 때는 반드시 봉해서 친구가 보지 못하게 하는 것이 좋다. 친구가 미리 알면 그것이 진실이라는 목적이 깨져버리기 때문이다. 이 일은 친구와는 상관없이 진심으로 우러나서 한 일임을 보여줘야 한다. 그가 어떤 음식을 좋아하는지 알아 두었다가 그만을 위해 음식을 만드는 것이다.

'남자의 사랑을 받는 가장 빠른 방법은 그의 배를 채워주는 것이다'라는 미국 속담이 있다. 그 말에는 어느 정도 진실이 담겨 있다. 요즈음은 남자나 여자나 간단한 요리 정도는 하고도 남는다. 만일 친구를 진심으로 사랑하고 싶다면 친구를 위한 요리 하나 정도는 배워 둘만 하다. 특히 새로운 음식의 요리법을 익혀 두면 긴요하게 써먹을 수가 있다.

실제로 사랑을 표현하는 데 음식만큼 적절한 방법도 없다. 등산을 간다든지 야외에 나갈 때 김밥이나 샌드위치 같은 점심을 준비해 가서 사랑을 표현하는 것도 좋은 방법이다.

지금까지는 사랑의 표현을 알아보면서 말보다는 무언의 방법과 사랑으로 유도하는 방법을 기술했지만, 이것은 어디까지나 일반적이고 상식적인 작은 행위일 뿐 실제로 당사자가 그때 상황에 따라 대처하는 것이 더 효과적이다.

여러 가지 그와 친밀해지는 길이 있겠으나 그중에 섹스가 친밀감을 증폭시키는 것은 아니다.

누구라도 섹스를 요구하거나 압박해 온다면 두 사람의 관계를 재평가해 볼 필요가 있다.

작지만 확실한 사랑

밀레니얼 세대의 고민

한국 축구 밀레니얼 세대가 겁 없는 도전으로 새로운 역사를 쓰고 있다. 최초로 남자축구 AFC U-23 챔피언십 우승컵을 들어 올렸다. 밀레니얼 세대 한국 남자 축구가 방탄소년단처럼 국민을 놀라게 하고 행복하게 한다. 내가 우승해 보겠다는데 무엇이 문제냐? 도전해서 안 될 게 없다는 생각을 하는 때가 20대 전후다.

죽든 살든 나 하고 싶은 거 해 보겠다는 밀레니얼 세대. 한 마디로 부럽다. 꿈의 세대 밀레니얼이 한국의 희망으로 떠오르고 있다.

'밀레니얼(Millennial) 세대'란 1981~2000년 초에 태어난 이들을 일컫는다. 컴퓨터가 막 보급되던 시절이다. 밀레니얼 세대는 초등학교를 입학하면서부터 컴퓨터를 습득한 세대다.

베이비붐 세대, X 세대, Y 세대로 흐르다가 Y 세대를 밀레니얼 세대로 바꿔 부르게 되었다. 당연히 밀레니얼 세대는 신문이나 TV를 통하지 않고 페이스북이나 인터넷을 통해서 소식을 접한다. 소셜 미디어에 중독되어 있으며 자기중심적 사고를 가지고 있어서 어느 면에서는 무책임하다고 볼 수 있다. 낭비가 심하고 이기적이다. 이러한 판단은 어디까지나 기성세대가 보는 기준에 못 미친다는 것이지 결코 밀레니얼 세대가 그르다는 것은 아니다.

문화의 변천사를 보면 앞서가는 사람은 늘 비판을 받게 되어 있다. 나혜석이 그랬고 소설 자유부인이 그랬다. 오늘날 밀레니얼 세대가 내세우는 특징 중의 하나는 결혼을 하든 안 하든 상관없다는 것이다. 설혹, 결혼해도 아이는 낳지 않겠다는 거다. 아이를 낳고 다시 직장에 나와 악착같이 일하는 아줌마, 아저씨가 되기 싫다고 말한다.

돈 모아 집 사고 아이 기르다 보면 내가 번 돈 나를 위해서는 쓰지 못하고 엉뚱한 데로 다 써버린다. 차라리 내가 버는 돈을 온전하게 내가 쓰고 인생을 즐기는 것이 낫다고 생각하는 게 밀레니얼 세대다.

혹자는 유치원 때부터 심한 경쟁 속에서 자라나다 보니 내 자식은 지옥 같은 경쟁에 빠져들지 않게 하기 위해 아이를 안 낳는다느니, 아이에게 돈이 많이 들어가서 안 낳는다느니 이런저런 말들을 하지만 실은 시대가 바뀌어 가고 있기 때문이다.

조선 시대에는 아이를 낳아봤자 반타작이었다. 경쟁적으로 아이를 많이 낳던 시대가 있었는가 하면, 둘만 낳자던 시대도 있었다.

이번에는 안 낳겠다는 시대에 돌입했을 뿐 밀레니얼 세대는 아이가 싫어서도 아니고 무서워서 안 낳겠다는 것도 아니다.

결혼조차 하지 않는 밀레니얼 세대가 많은데 이것도 따지고 보면 그들이 만들어 낸 작태가 아니다. 결혼이 자신들만의 행복을 위한 것이 아니라 양가 집안의 행복도 따져봐야 한다는 개념이 모든 결정을 망설이게 하기 때문이다. 결혼에 앞서 주변을 의식해야만 하는 중압감이 가장 큰 걸림돌이다. 나와 집안, 친구, 친척, 선후배 심지어 이웃에게까지 체면과 위상을 지켜야 하는 삶이 결국 밀레니얼 세대에게 결혼을 미루거나 못하게 하는 또는 아기를 안 낳게 하는 것은 아닐까?

한국 전통 문화권에 도전하고 발전하라는 사명을 받은 세대가 밀레니얼 세대이다. 결국 결혼 안 하고 아이 안 낳겠다는 것은 전통 문화의 허례허식을 깨뜨리고 벗어나려는 밀레니얼 세대의 도전이 아닌가 생각된다.

참다운 자유를 누리겠다는 도전인 것이다.

비혼모, 졸혼모 단상

보건사회연구원 자료(2019.06.19 연합뉴스)에 의하면 우리나라의 50~60대 '신중년' 40.3%가 상황에 따라 졸혼을 할 수 있다고 생각한다.

아직은 비혼모, 졸혼모라는 말이 생뚱맞게 들릴지 모르겠으나 조만간 이것도 익숙해질 날이 머지않았다고 본다.

시대의 흐름에 따라 예전에는 없던 말들이 생겨나면서 처음에는 그런 말도 있나? 하다가 차츰 그럴 수도 있지 하게 된다. 그 까닭은 언어는 상황에 따라 재정립될 수 있기 때문이다.

사실 미혼이라는 말도 없던 시절이 있었다. 미혼이라는 말이 처음 등장한 때가 일본 강점기에 생겨난 말이다. 여성도 남자처럼 공부해야 한다는 시대변화에 따라 신여성이 등장하게 되었고 자연스럽게 혼인 적령기가 늦어지면서 연애라는 풍습도 생겨났다.

부모의 결정에 따라 혼인하던 방식에서 자식들이 스스로 혼인에 참여하게 되고, 참여가 깊어지고 결정권이 여성에게 넘어가는 과정에서 미혼이라는 용어가 쓰이기 시작했다. 미혼이란 말이 생겨나면서 미혼모라는 말도 탄생했다.

미국에는 미혼모라는 말은 없다. 대신 싱글 맘이나 싱글 부라는 말이 있다. 싱글 맘은 편모라고 하겠고, 편부라고도 한다. 자식을 홀로 기르는 부모를 편모, 편부라고 하는데 홀로 기르게 된 사연은 시대에 따라 달라지고 있다. 한국에서는 미혼모와 편모를 구분하지만, 미국에서는 통 털어서 '싱글 부모' 즉 편부모다.

예전에는 한쪽이 죽거나 이혼했을 경우 편부모가 되었다. 그러나 시대의 흐름에 따라 지금은 결혼하지 않고도 아이를 낳아 기르는 시대가 되다 보니 편부모의 의미도 달라졌다.

한국에서 편모는 결혼해서 낳은 자식이지만 부가 사망 혹은 이혼해서 없는 경우를 말한다. 편부라고 해서 안 될 말은 아니지만, 일반적으로 편부라는 말은 흔치 않다. 모가 사망했을 경우 부는 당연히 재혼하는 것으로 되어 있어서 계모라는 게 있고 계모는 부정적인 의미를 지닌다. 계부도 있지만 계부는 계모만큼 흔히 들리는 말이 아니다.

미국에서의 편모는 결혼해서 낳았는지 결혼하지 않고 낳았는지와는 별개로 자식을 혼자 기르면 편부모가 되는 것이다. 미혼모와 편모 중에서 어떤 말이 듣기 좋은 말인지 또는 정확한 의미를 지녔는지 아직 분명하지 않다.

졸혼은 이혼하기에는 걸리는 게 많아서 법적으로 이혼은 하지 않고 별거로 들어서는 것이다. 별거는 예전에도 많았다. 한국에서는 별거로 들어가면 서로 말도 안 하고 원수같이 지내는 것이 보통이다. 미국에서는 별거를 하더라도 친구처럼 알고 지낸다. 심지어 이혼했어도 서로 왕래하며 지내는 게 미국이다. 한국에서는 미국처럼 별거에 들어갔지만, 예전처럼 친구로 지내는 것을 졸혼이라는 명칭을 붙인 것이다. 미국에는 없는 명칭이다.

한국식 별거를 하게 되면 서로 만나지 않게 되니까 아이들 결혼이라든가 손자 잔치에 이혼한 부부가 함께 참석할 수 없지만, 졸혼을 하게 되면 이혼한 것은 아니니까 집안 대소사에 같이 참석해도 무방하다는 장점도 있다.

비혼(非婚)은 아닐 '비'에 혼인할 '혼' 자이며, 아닐 '비'는 부정적 의미를 지닌 고로 결혼하지 않겠다는 의미다. 미혼(未婚)은 아닐 '미'에 혼인할 '혼' 자이지만 여기서 아닐 '미'는 아직은 아니라는 뜻이다. 아직은 아니니까 앞으로 결혼할 사람을 말한다. 이처럼 두 단어의 의미가 현격히 다르다.

미혼이라는 말이 생기고 나서 반세기가 흐른 다음 미혼모라는 말도 생겼듯이 비혼이나 졸혼이라는 말이 출현했으니 이것도 반세기 안에 비혼모, 졸혼모도 생겨날 것이다. 비혼은 나이 40이 넘은 남녀를 일컫는다고 해도 '지금 세상에 애 낳는데 나이가 대수냐. 아기를 낳고자

작지만 확실한 사랑

한다면 얼마든지 낳을 수 있다. 비혼이지만 아이는 낳겠
다'라고 한다면 그게 비혼모다.

졸혼이라고 해서 나이 많은 늙은이들이 한다는 것만도
아니다. 졸혼에 나이 제한이 있는 것도 아닌데 젊은이들
도 얼마든지 졸혼할 수 있다. 졸혼한 후에 아기를 낳으면
그게 졸혼모지 별거냐.

이제 또 어떤 신조어(新造語)가 생겨날지 궁금하고 그 말
의 발전도 지켜볼 만하다. 그런데 비혼과 졸혼이라는 말은
왜 생겨나는 걸까? 이기적인 마음에서 생겨나는 건 사실
이지만 그렇다고 이기적인 마음이 전부는 아니다. 여기서
이기적이란 말은 나쁜 의미에서가 아니라 사람이라면 누
구나 가질 수 있는 자연스러운 현상이다. 이 자연스러운
현상은 이기적이냐 봉사적이냐 하는 양면성을 지니고 있
어서 늘 두 마음이 싸우게 되어 있는데 그중에서 이기적
인 마음이 조금 더 강하면 그리로 치우치게 되는 것이다.

'세상살이가 힘들어', '공부하기도 힘들고', '직장에서 들
볶이는 것도 힘들고', '거기다가 결혼하면 상대와 자식들
에게 얼마나 힘들겠어', '자식들에게 나처럼 힘든 세상 물

려주고 싶지 않아', '나라도 편히 행복하게 살다가 가면 되지' 유치원부터 경쟁에 휩쓸리게 되고 대학을 거쳐 사회로 진출하면서 치열한 경쟁은 극대화되다 보면 이런 이기적인 생각이 들기 마련이다. 자신이 시달리고 스트레스받는 만큼 이기적 심리도 굳건해진다.

재벌 집안에서 태어나면 경쟁이 덜 할까? 미인으로 태어나면 경쟁이 덜 할까? 머리가 좋아 일류 대학에 가면 경쟁이 덜 할까? 모두 아니다. 심지어 수도원이나 깊은 산속 절간으로 들어가도 경쟁과 스트레스는 피할 수 없다. 비혼과 졸혼 역시 경쟁과 스트레스를 피해 보려는 이기적인 심리에서 시작된 결과물이다. 인생은 이것이냐 저것이냐 선택의 기로에 서 있다. 선택은 자유로운 것이라지만 꼭 그런 것만도 아니다. 마음에 없어도 선택을 해야만 하는 일도 많다. 어떤 선택을 하더라도 긍정적으로 생각하면 만족할 것이고 부정적으로 생각하면 후회하리라.

꼭 이기적인 마음에서만 비혼과 졸혼이 나타나는 것도 아니다. 비혼인 사람에게 물어보면 "결혼을 꼭 해야만 하나요?" 하며 되묻는다. 똑 부러지는 명답은 없고 되묻는 말로 의문을 제기하는 이면에는 말 못 할 사연을 드러내고 싶지 않다는 의미도 숨어있다고 해석된다. 결혼은 하고 싶은데 좋아하는 사람도 없고, 억지로 결혼해 봤자 잘 살 자신도 없고, 능력도 안 돼서 결국 찾아낸 대답이 "결혼 꼭 해야 하나요?"다. 이 말을 듣기 좋게 만들어서 '비혼'이라고 붙인 것이다.

졸혼인 사람에게 물어보면 자식들에게도 체면이 있는데 부모라는 사람이 이혼했다면 사회적 통념상 좋지 않게 보이니까 이혼을 선택하지만 완전한 이혼은 아니어서 체면은 유지하면서 이혼 상태로 돌입하는 형식이다.

비혼이나 졸혼이나 떳떳하게 내세우지 못하는 한국 사회에서 우회적으로 써먹을 수 있는 형식의 일면이라고 보면 되겠다. 미혼이 미혼모로 이어졌듯이 비혼과 졸혼도 비혼모와 졸혼모로 이어지는 건 시간문제이리라.

미국에서는 싱글이냐 매리드냐는 말은 있어도 비혼이나 졸혼이란 말은 없다. 40이 넘어도 혼자 살면 싱글이고, 이혼이냐 별거냐지 이혼도 아니고 별거도 아닌 졸혼은 없다.

한국도 미국처럼 싱글이나 별거, 이혼이 떳떳하면서도

자연스러운 사회적 현상으로 자리매김되었으면 좋겠다. 그뿐만 아니라 결혼을 하지 않고도 아기를 낳아 기르는 것이 부끄럽지 않은 사회가 되기를 바란다.

미국에서는 결혼해야만 아기를 낳을 수 있다는 관념이 사라진 지 오래다. 틴에이저가 임신하면 틴 프리그넌시(Teen Pregnancy), 틴에이저가 아기를 낳으면 틴 맘(Teen Mom)이다. 그 외에는 싱글 맘이다.

한국에서는 아기는 결혼한 사람만이 낳을 수 있다는 무언의 관념이 존재한다.

결혼했느냐 안 했느냐만 따지다 보니 미성년자가 아기를 낳으나 성인이 아기를 낳으나 모두 미혼모로 통한다. 결혼하지 않고 아기를 낳았다는 말 속에는 죄의식 같은 것도 존재한다. 사랑하다 보면 아기를 낳을 수도 있는 것이지 꼭 결혼해야만 하는 것도 아닌데 말이다. 미국에는 결혼하지 않고도 아기를 낳아 기르는 싱글 맘도 많다. 그렇다고 이상하게 생각하는 사람은 없다.

한국에서도 결혼하지 않고 아기를 낳아 기르는 것이 흉이 되지 않는 세상이 오면 그때는 미혼모니, 비혼모니, 졸혼모니 하는 말이 스르르 사라질 것이다.

　　　　　　　　　　작지만 확실한 사랑

|

퍼피 러브(Puppy Love)

  퍼피 러브란 사랑이라고 하기보다는 호감이라고도 알려진 강아지 사랑은 어린 시절과 청소년기에 종종 느껴지는 낭만적이거나 플라톤적인 사랑의 감정을 비공식적으로 표현하는 용어다. 그것은 사랑스럽고 귀여운 애정 표현이 강아지를 닮았다고 해서 붙여진 별칭이기도 하다.

  이러한 초기 감정들이 신혼 단계에까지 영향을 미칠 수도 있는데, 신혼기에는 새로운 관계의 스릴에 빠지기도 하고 그가 나와 데이트하기를 원한다는 것 하나만으로도 흥분한다. 하지만 연구에 따르면 신혼기는 12개월에서 24개월까지 이어지고 나면 서서히 식어간다.

사랑도 나이와 시기에 따라 다 다르게 나타난다는 것을 유념할 필요가 있다. 퍼피 러브가 있는가 하면 결혼을 앞둔 청년기의 사랑도 있고 중년의 사랑에 노년의 사랑도 있다. 각기 다른 양상을 띠지만 사랑의 근본은 같다 하겠다.

청소년기에 사랑에 빠지는 것을 우리는 퍼피 러브(Puppy Love)라고 한다. 설익은 사랑이 되겠다. 퍼피 러브 시기에는 사랑과 좋아하는 것, 심지어 달아오르는 감정도 구분하기 어렵다.

파트너와 시간을 보낼 생각을 하면 행복하고 약간 긴장도 되면서 흥분하기도 한다. 미래가 무엇인지 정확히 알지 못하면서도 꿈을 그려보기도 한다.

모든 것이 새롭고 신나는 느낌으로 다가온다. 스포츠를 싫어하면서도 그와 함께라면 서너 시간 동안 스포츠를 즐길 의향도 생긴다. 설혹 그것이 따분한 TV 중계방송일망정.

파트너와 함께 있는 시간이 행복하고 같이 있고 싶어서 함께 보낼 시간을 찾기 위해 고군분투한다. 잠시 떨어져

작지만 확실한 사랑

있는 것이 영원처럼 느껴진다. 설혹 둘이 싸우더라도 관계회복이 우선이지 자존심 따위는 염두에 두지 않는다.

청소년도 성인과 마찬가지로 사랑에 빠지면 항상 파트너 생각만 한다.

자신을 위해 무언가를 사려고 의류점에 들어갔다가 결국 파트너에게도 무언가를 사주고 싶은 충동을 느낀다. 사랑하다 보면 질투는 자연스럽게 일어난다. 그를 독점하고 싶어서 일어나는 현상이지만 질투가 지나쳐 집착하게 되면 위험해진다. 몰래 그의 휴대폰을 들여다보기도 하고 그가 무엇을 하고 있는지 심지어 무슨 생각을 하는지 알고 싶어 한다. 이러한 행동은 자칫 그에게 우리의 관계가 건강하지 않다는 신호를 보낼 수도 있다.

청소년 시절에는 자제력이 부족해서 사랑에 빠지면 단순히 손을 잡고 있거나 포옹만 해도 온몸이 녹아내리고 후반전 애정으로 돌입하고 싶어진다. 사랑하는 사람이 원하는 것에 공감하게 되고 그를 위해서라면 아까울 게 없다는 위험한 생각이 들기도 한다.

07
|

"Omar loves Janette"

　오랜만에 호수 뒷길을 걸었다. 봄날 따듯한 햇살을 받으며 걷는 발길이 봄볕만큼 행복하다.

　그동안 비가 온다는 핑계로 쉬운 길만 골라 가면서 선택해서 걸었다. 나는 꾀가 많아서 요리조리 꾀만 팔아먹고 살아도 삼 년은 산다는 말을 들으며 자랐다. 이 핑계, 저 핑계 긁어모아 결국은 쉬운 길만 반복해서 걷다가 오늘은 마지못해 조금 먼 운동길을 선택하게 되었다. 모처럼 햇볕도 쨍하고 포근해서 큰맘 먹고 호수 뒷길을 걷기로 한 것이다.

작지만 확실한 사랑

흙길이 젖은 것도 아니고 바싹 마른 것도 아닌 것이 아침에 물을 뿌린 길이 시간이 흐르면서 꾸덕꾸덕 말라가는 흙길 같다. 밟기에 알맞은 흙이다. 축축하게 물기가 있는 것도 아니면서 먼지도 나지 않는다.

호수를 돌아 한참 가도록 사람은 눈에 띄지 않았다. 아무도 없는 호수를 전세 낸 것처럼 내 것인 양 혼자 걸었다.

호수에는 물이 많아서 통통하게 살이 찐 것 같아 보기 좋다. 새들은 물이 많아서 물고기 잡아먹기가 어려운 모양이다. 물닭이 몇 마리 안 보인다. 예전 같으면 수십 마리가 우글거릴 텐데…….

기러기 한 쌍이 꺼억 꺼억 앞에서 소리 내면 뒤에서 화답하며 날아간다.

호수 가장자리 길을 따라 한참 걸었다. 나무로 만들어 물에 띄워놓은 낚시터 우드 데크가 터닝 포인트다. 데크로 내려가면 물과 맞닿아서 호수와 교감이 더욱 밀접하다. 물 가득한 호수 냄새가 신선하게 풍긴다.

젊은 남녀가 이곳에서 사랑한다는 맹세를 한 모양이다. 징표로 이름과 사랑의 표시를 우드 데크에 써놓았다.

"Omar loves Janette"- 2020. 1. 26.

낙서일지라도 사랑한다는 말은 보기도 좋고 아름다운 예술품 같다. 얼마나 사랑했으면 우드 데크에라도 적어놓고 다짐해야 했겠는가?

사랑 표현 중에 가장 강력한 방법이라 하겠다.

작지만 확실한 사랑

08

사랑은 어디서 오나?

귀신은 속여도 팔자는 못 속인다는 말이 있다. 팔자는 타고나는 것이어서 팔자가 곧 그의 운명이기도 하다. 사전에 사주팔자(四柱八字)는 타고난 운수(運數)라고 쓰여 있다. 사주(四柱)란 생년(生年), 생월(生月), 생일(生日)과 생시(生時)를 일컫는 말이고 팔자(八字)는 이 여덟 자를 말한다.

간단하게 말하면 태어난 연월일시(年月日時)에 따라 사람의 운명이 결정된다는 말이니 이 얼마나 황당한 말이더냐! 그래서 팔자는 타고난 운수라고 운수라는 토를 단 모양이다.

그러면 運數란 무엇인가? 사전에는 운수가 '인간의 능

력을 초월하는 천운과 기수'라고 쓰여 있다. 한자 풀이를 하면 運은 '돌 운'으로 회전한다는 뜻이고 數는 '셀 수'로 숫자를 말한다. 그러니까 수없이 회전한다는 뜻이 되겠다. 간단히 정리하면 팔자는 돌고 도는 것이란 뜻이다.

정말 그럴까? 팔자가 돌고 도는 것일까? 천만의 말씀이다. 어떤 사람은 금수저로 태어나고 어떤 사람은 흙수저로 태어나서 시작부터 다른데, 어떤 사람은 북한에서 태어나고 어떤 사람은 남한에서 태어나 운명이 시작부터 다른데 팔자가 돌고 돌아봤자지, 얼마나 달라지겠는가? 사주팔자란 타고난 운수라는 말에 동의할 수 없는 이유가 여기에 있다.

그렇다고 해서 팔자가 아주 없는 것은 아니다. 어떤 사람은 똑똑하거나 공부를 잘한 것도 아니면서 평생 남들이 부러워할 만큼 부자로 잘사는가 하면, 어떤 사람은 똑똑하고 공부도 잘했는데 지지리 고생만 하다가 마지막에 몹쓸 병까지 얻어 단칸방에 홀로 누워 있는 사람도 있다. 팔자란 타고난 운수라고 했는데 무엇이 어떻게 팔자를 돌렸기에 운명이 달라진단 말인가?

작지만 확실한 사랑

흔히들 관상이 그의 운명을 좌우한다고 말한다. 날씬하고 예쁘게 생긴 여자와 뚱뚱하고 못생긴 여자의 운명을 두고 하는 말일 것이다. 남자 역시 키 크고 잘생긴 남자와 초라하고 볼품없는 남자도 있다. 외모가 운명을 좌우한다? 이것 역시 동의할 수 없다.

요즈음은 모든 게 발달해서 운동으로 체력을 연마할 수도 있고 성형 수술이며 키를 크게도 한다. 그렇게 고친 사람은 운명이 바뀌었는가? 노력한 만큼 달라지기는 했을 것이다. 그것으로 팔자가 바뀌었다고는 할 수 없다.

팔자가 타고나는 것은 맞지만 생월일시에 따라 운명이 결정된다는 것은 아니다. 운명을 결정짓는 요소는 많이 있겠으나 그중에 성정(性情:성질과 마음씨)이 가장 큰 역할을 한다. 사람은 순간순간 결정을 내리면서 산다. 작은 결정도 있고 운명을 좌우하는 큰 결정도 있다. 이 모든 결정은 본인이 내리는 것이다. 결정을 내리는 데는 여러 가지 지식과 철학과 환경과 경험이 그 바탕과 배경을 이룬다. 그중에 성정도 들어있다. 성정은 사람이 지니고 있는 특유한 성질이나 품성을 말한다. 성정은 타고나기도 하지만 성장하면서 그가 익혀온 지식, 철학, 환경, 경험에 의해서 바뀌기도 한다.

성리학에서 말하는 理(다스릴 이)와 氣(기운 기)의 개념은 현대사회에 맞지 않는다. 그러면 훌륭한 성정은 어떤 성정일까? 알 수 없는 끌림이 있는 사람이라든가, 타고난 리더란 것이 있는데 이것도 하나의 훌륭한 성정일 것이다. 방향이 있는 성정이란 어디로 갈 것인가, 어떻게 살 것인가 하는 목표가 뚜렷한 성정이다.

아인슈타인은 "노력이 99%다"라고 말했다. 현대사회에서 흔히 듣는 말로 "노력한 만큼 거둬드린다"라고 한다. 과연 그럴까?

누구는 하는 일마다 잘되는데 나는 하는 일마다 안 풀린다. 누구는 인복이 많아 도와주는 사람도 많은데 나는 도와주는 사람은 없고 도와줘야 할 사람만 있다.

이런 걸 보면 정말 팔자가 있기는 있는 것도 같다.

타고난 팔자는 바뀌지 않는 것이지만 일생에 딱 한 번 바뀌는 수가 있는데 그것은 결혼이다. 부부는 일심동체라고 했는데 괜한 말은 아니다. 두 사람의 팔자를 하나로

작지만 확실한 사랑

합쳐놓으면 색다른 팔자가 되고 만다. 청색과 노란색을 합쳐놓으면 초록색이 되는 것과 같다.

결혼하면 당연히 운명이 달라지고 팔자가 바뀌는 것이다. 오죽하면 "시집이나 가서 팔자나 고쳐라" 하는 말이 생겨났겠는가.

그러면 결혼은 아무하고나 하나? 결혼을 하려면 두 사람 사이에 사랑이 있어야 하는데 사랑은 무엇이며 어디서 오는지 생각해 볼 필요가 있다.

선을 볼 것인가, 연애를 할 것인가?

사랑은 만남에서 오는 건데 결혼을 하기 위한 만남은 어떻게 이루어지는가? 전통적인 방법으로 중매라는 형식이 있다. 농본 사회에서 혼인이 가문과 가문의 결합이라는 성격을 띠면서 가문의 체면을 유지하고 실리도 채우는 방편으로 중매를 내세웠다.

사회적 체면을 상호 존중한다는 측면에서 혼인이 성립되지 않았을 때의 책임을 유화시키기 위한 방편으로 중매가 안성맞춤이었다. 유교적 윤리와 신분제도의 붕괴, 서구적 교육과 산업사회로 접어들면서 개인의 경제적 능력과 감정이 중요시되면서 혼인 당사자 사이의 맞선이 나

작지만 확실한 사랑

타나기 시작했다.

나의 부모들 시대는 맞선의 시대였고 산업화로 인하여 연애 후 결혼하는 커플이 많아졌다고는 해도 지금도 맞선을 보는 일은 대체로 여전히 널리 행해지고 있다.

인터넷에 온라인 데이팅 앱이 많이 생성되는 것도 맞선을 현대화한 것이다. 많은 사람이 이용하고 더러는 성공한 사람들의 예를 보여주기도 한다. 한국인 젊은 층에서도 이용자가 많은 것으로 알려졌다. 하지만 사기 범죄 피해를 당하는 등 부정적인 면도 있다.

온라인 데이팅 앱을 통해 만난 상대가 좋은 인연으로 발전하거나, 자신감을 높이는 계기가 되기도 하지만, 금전 사기를 당하는 일명 '로맨스 사기'에 걸려 피해를 보는 경우도 발생하고, 좌절감을 느끼는 경우도 발생한다.

온라인 데이트의 경우 최근 젊은 층을 중심으로 급격히 확산되면서 젊은 층의 절반 정도가 사용해 본 것으로 나타나고 있는데, 온라인에서 만난 상대방에게 주의해야 할 점은 너무 빨리 가까워지는 것을 경계해야 한다는 점이다. 급속도로 가까워지다 보면 또 만나러 가고 싶지만, 돈이 없다는 식으로 경비를 가장한 금전을 요구하는 수가 있는데 이것이 사기로 가는 첫 단계다.

상업적 온라인 데이팅 웹사이트가 생겨난 지 20여 년 만에 온라인 데이팅은 세계적으로 수억 달러 규모의 산업으로 성장했다. 온라인 데이팅이라고 해서 의심만 할 것이 아니라 50대 50의 기회가 주어지는 매치메이커와 다를 바 없는 시스템에 불과하다. '적을 알고 나를 알면 백전백승'이라고 했듯이 충분한 시간을 갖고 사귀게 되면 진심이 드러난다는 것을 명심하면 두려워할 이유가 없다.

복잡하고 다양한 현대사회로 접어들면서 맞선 제도의 일부는 결혼회사 혹은 매치메이커로 발전하였다. 조금 앞선 예로는 인터넷 데이팅 앱을 이용하는 커플이 많아진 것도 사실이다. 앱은 블라인드 데이트(blind date)가 돼서 모르는 상대이니 위험하다고 생각하는 사람도 있다.

그러나 결혼회사는 일단 회원제여서 회사에서 신원을 확인했다는 장점이 있다. 회사에서 신원을 확인했다 하더라도 국가 기관도 아닌 개인 회사에서 하는 검증이라는 게 정확하지는 않더라도 일단 신원을 알고 만나는 것이어서 위험은 크지 않다.

중요한 것은 중매건, 맞선이건, 자유연애건, 인터넷 만남이건 간에 커플의 만남에 사랑이 있어야 한다는 사실이다. 아무리 으리으리하고 훌륭한 집안끼리 만났다고 하더라도 당사자들 사이에 사랑이 존재하지 않는다면 허망한 일이 되고 만다.

10여 년 전만 해도 미국 LA에 결혼회사가 여러 개 있었는데 지금은 다 폐업하고 하나인가 둘만 남아 있다. 예전에는 한국에서 신부를 데려오거나 맞벌이 상대를 찾았으나 지금은 달라졌다. 회원을 분석해 보면 여성 회원보다 남성 회원이 많고, 1.5세나 2세가 다수를 이룬다. 예전엔 여성들이 남성의 재력과 학벌을 봤지만, 지금은 외모, 성격, 취미를 더 중요시한다.

아무리 돈 많고 좋은 대학을 나와도 호감이 안 가면 만나지 않는다. 남성들도 변했다. 예쁜 여자보다 똑똑한 여자를 더 선호한다.

결혼회사라는 게 결국은 중매하는 곳이고 중매를 통해서 맞선을 보는 것이다. 맞선을 볼 것인지 연애를 할 것인지는 본인에게 달려 있을 뿐 어느 것이 낫다고 할 수는 없다. 다만 한 가지, 연애를 잘하는 사람이 있는가 하면 못 하는 사람도 있다. 연애를 잘하는 사람은 말려도 연애로 결혼하고, 못 하는 사람은 연애할 사람을 만나게 해줘도 연애를 맞선으로 만들고 만다.

이성 친구를 잘 사귀는 사람을 보면 자신의 희망과 목표가 뚜렷하고 자신감이 넘쳐 보인다. 매사 시원시원한 자신의 모습을 보여준다. 반면 이성 친구를 사귀는 데 어려움을 겪는 사람을 보면 무엇인가 불분명한 자세를 보이고 묻는 말에 대해서도 뚜렷한 자기 의견을 내놓지 못한다. 이성 친구가 없는 사람의 가장 큰 공통점은 인생을 자신이 주도하는 게 아니라 다른 사람에 의해서 끌려가는 모습이다.

문제는 자아를 찾아 자기 인생을 사는 게 중요하다. 세상에 완벽한 사람은 없다. 누구나 어딘가 비어있는 구석이 있기 마련이어서 비어있는 구석을 채워줄 수 있는 사람을 만나는 것이 결혼이다.

사랑의 불씨는 어떻게 일어나나?

한번 사랑에 빠지면서 불이 붙으면 탈 만큼 타고 나서야 불이 꺼지지 그냥 안 꺼진다. 물을 끼얹거나 소방관을 불러 불을 끄려고 하면 극단적인 선택으로 돌아설 수가 있다. 많은 연애 소설이나 연속 방송극이 바로 이 현상을 주제로 삼는다. 이것을 우리는 바람이 들었다고, 눈에 콩깍지가 씌었다고, 미쳤다고 말한다.

동물의 세계에서 발정기에 들어서면 수컷은 종족 번식을 위해 피 터지게 싸움을 벌인다. 인간도 남녀 사이에 불이 붙으면 같은 현상이 일어난다. 끝장이 나거나 결말이 나면 그때서야 수그러든다.

동물학자 리처드 도킨스의 『이기적인 유전자』라는 책이 화제가 된 적이 있다. 생물이나 인간의 본성은 씨를 많이 뿌리고(남자는 바람둥이고) 여자에게 능력을 보이기 위해 부를 가지고 싶어 하는 것이라는 것이 그 결론이다.

남자나 여자나 사랑에 빠지고 싶어 하는 것은 본능이다. 젊은 사람은 이 증세가 심하고, 나이가 들어가면서 서서히 수그러들지만 늙어서도 증세는 사라지지 않는다. 다만 젊은이처럼 강렬하지 않을 뿐이다.

내가 초등학교 3학년 때 일이다. 삼선초등학교 이층 건물은 산을 깎아 지었기 때문에 건물 뒤로 가면 산을 깎아 내린 상태 그대로였다. 아무도 없는 학교 건물 뒤 외진 곳에서 두 아저씨가 싸우는 것을 목격했다. 모두 이웃에 사는 아저씨들이어서 나는 그들이 누구인지 알고 있었다.

한 분은 어른들이 상섭이라고 부르는 총각으로 막 군에서 제대하고 홀어머니 밑에서 놀고 있는 청년 아저씨였고 다른 분은 한 살 먹은 아들이 있는 트럭 운전사 아저씨였다. 트럭 운전사는 직업상 한번 집을 나가면 며칠씩 집에 들어오지 않았다.

작지만 확실한 사랑

두 사람은 주먹을 날리고 같이 끌어안고 뒹굴면서 피 터지게 싸웠다. 코피가 터지도록 싸우는 게 누군가 죽어 야 싸움이 끝날 것 같았다. 나는 어린 마음에 겁이 나고 부들부들 떨려서 도망 오고 말았다.

다음날 트럭 운전사 아저씨가 목을 매 자살했다는 소 리를 어른들한테서 들었다. 나는 두 사람이 삼선초등학 교 뒤에서 싸우더란 이야기는 하지 않았다.

그러나 어찌 된 영문인지 소문은 동네에 쫙 퍼져 있었 다. 어른들 말로는 남편이 집을 비우면 상섭이 아저씨가 트럭 운전사 집에 가서 살다시피 했단다. 상섭이 아저씨 가 그 집 여자와 화투 치는 걸 보았다는 사람이 있는가 하면, 두 사람이 아름 몫에 이불을 펴놓고 나란히 앉아 있더라는 둥 이런저런 목격담이 쏟아져 나왔다.

트럭 운전사 아저씨는 분에 못 이겨 자살을 선택한 것 이라고 했다. 지금 사람들이 들으면 뭐 그런 걸 가지고 그러냐고 하겠지만 그게 정비석의 「자유 부인」이 신문에 연재되던 때의 일이니까 그때는 심각한 상황이었다.

아무튼 집에서 놀고 있던 상섭 아저씨는 트럭 운전사 집으로 놀러 다녔고, 놀러 다닌 것으로 끝난 게 아니라 상섭 아저씨와 트럭 운전사 아내가 사랑에 빠지고 말았다. 불륜을 저지른 것이다. 한번 빠진 사랑은 결국 헤어나지 못하고 비극을 부르고 말았다. 사랑의 종말이 어떻게 나느냐는 나중의 일이다. 사랑에 불이 붙으면 그냥은 꺼지지 않는다.

사랑에 빠졌다고 해서 일률적으로 다 같은 게 아니다. 사람의 성격이 다 다르듯이 사랑에 빠져도 일어나는 현상은 천차만별이다. 어떤 사람은 화끈하게 그것도 빨리 사랑에 빠지는가 하면 어떤 사람은 미지근하게 질질 끌면서 오래 걸리는 사람도 있다.

사랑에 빠진 다음에 어떻게 사랑이 진행되는가 하는 것도 그 사람의 성격과 환경에 따라 빨리 발전할 수도 있고 질질 끌고 갈 수도 있다. 어느 것이 더 나은 사랑이냐는 말할 수 없다.

그러면 사랑의 불씨는 어디서 생성되는가? 사랑의 불씨를 찾기 위해 한동안 책 목록을 뒤지다가 제목 하나를 발견했다.

『무엇이 사랑의 불을 지피는가?』

강신재 선생님의 에세이 제목이다. 어떤 책은 제목만 봐도 내용이 짐작되고, 어떤 책은 제목만 봐도 읽어보고 싶다. 제목을 보는 순간 궁금증이 일어났다. 정말 무엇이 사랑의 불씨를 지피는지……? 선생께서는 단편 소설 「젊은 느티나무」를 쓰셨다. 발랄하고 산뜻한 글솜씨가 빛나는 작품이다. 소설이 이럴진대 에세이의 글솜씨야말로 어떻겠는가? 기대가 컸다.

1986년에 출판된 책이니 오래됐다. 고양시 시립도서관에 알아봤으나 아무 곳에도 없다. 책 제목이 나를 남산으로 몰고 갔다. 남산 도서관에 갔다. 남대문 시장을 뒤로하고 소월로를 걸어서 김유신 장군 동상을 지나 도서관으로 향했다. 남산은 단풍으로 물들어 가고 있었다. 곳곳에 외국인 관광객이 사진을 찍느라고 법석이었다. 가을 하늘이 맑았고, 날씨가 선선해서 걸어도 덥지 않았다.

33년 전에 출판된 책이어서 서고에 있었다. 담당자는 책을 꺼내 주면서 대출은 안 되고 이곳에서 보고 가야만 하는데 그것도 신분증을 맡겨야 구독을 허락한다고 했다. 책을 받아들고 무엇이 사랑의 불씨를 지피는지 그 원인을 알 것 같아 기대되고 기뻤다. 답이 될 만한 소제목을 훑어보았으나 그런 제목은 없었다. 소제목 '사랑의 아픔과 진실'에서 답을 찾아야 했다.

6.25 전쟁 때 작가 나이는 스물여섯이었다. 대구로 피난 가서 살았다. 이웃에 트럭으로 짐을 싣고 서울에서 피난 나온 아낙이 살았다. 피난 시절 트럭까지 동원해서 짐을 싣고 피난 나올 정도면 대단한 집안이었을 것이다. 아낙에겐 대여섯 살 먹은 아들이 하나 있었다. 차츰 아낙과 말을 트면서 그 집 사정을 알게 되었다.

남편은 홀로 전란의 서울에 남아 있다는 말을 듣고 놀랐다. 남편이 경기, 서울대 출신으로 신문기자라고 했다. 작가가 K 여고를 나왔다는 걸 알고 난 아낙이 K라는 여자를 아느냐고 물었다. K는 작가와 한 반이었고 갸름하고 곱게 생긴 소녀였다. 새침데기였지만 웃는 모습은 몹시 화려했다. 아낙의 남편은 학생 때부터 그녀를 좋아했다. 그녀의 집에서도 흡족해했다.

그러나 남편 집안 어른들이 아낙하고 억지로 혼인을

작지만 확실한 사랑

시켰다. 남편은 집을 뛰쳐나갔다. 나중엔 약을 먹고 난리를 쳤다고 했다. 호랑이 같은 시아버지 바람에 결국 혼인은 했지만, 남편은 6개월이 넘도록 신부 방에 들어오지 않았다.

K도 급작스럽게 다른 사람과 결혼해 버렸다. 이런 말을 들려주는 아낙의 눈빛 속에서 비애, 허무맹랑함, 체념 같은 것이 교차했다.

환도 직후의 아직 어수선한 서울 거리에서 아낙의 그 후 소식을 전해 들었다. 사랑에 빠진 남편은 가족과 함께 피난 가지 않고 K가 남아 있는 서울에 주저앉았다. 결국, 기자라고 하는 남편은 빨갱이에게 맞아 죽었단다. 자신이 빨갱이가 아닌 다음에야 무엇하겠다고 남아 있었겠나?

K 이야기는 친구로부터 얻어들었다. 사변 초에는 그렇지 않았는데 막판에 갑자기 열성분자가 되어서 북으로 넘어갔단다. 피난도 안 가고 서울에 남아야 했던 남편. 다 버리고 북으로 가야 했던 K.

작가는 말한다. 타인에게 애정을 쏟는 경우, 기쁨보다 더 많은 고통과 깊은 상심으로 다가온다고. 사랑의 대상은 가만히 있어 주지 않고, 보답해 주지 않고, 어떤 때는 비수로 찌르듯 날카로운 잔인함으로 갚기도 한다.

작가는 이렇게 마무리해 갔다. 여성이 사람을 사랑해 가고 청년이 사랑에 목숨을 거는 것은 뒤떨어질 것도 앞섰을 것도 없는 자연스러운 일이다. 영원히 달라지지 않는 사람 본연의 자태인 것이다. 그리고 본연의 소망에 충실한 것이 유일의 선이라고 사람은 생각한다. 다만 그것이 진실한 것인지 협잡이 섞였는지, 그나 그녀가 그 아픔을 견디고 승리에 도달할 힘을 가졌는지, 엄격히 추궁되어야 할 일은 어느 때나 그런 데에 걸려 있을 듯하다.

그러면서 작가는 이렇게도 썼다.

"사랑은 한 마디로 아픔이 아닐까 하고 생각한다. 달콤한 행복, 황홀한 조화를 우리는 사랑이라고 알고 있지만, 그것은 또 피 흘리는 고통의 대명사이기도 한 것이다. 사랑은, 진실은, 이런 것이다, 저런 것이다, 하고 말할 수는 없는 물건이겠다.

하나 그것은 아픔이라는 표현이 그래도 가장 가까운 것이 아닐까 여겨진다."

무엇이 사랑의 불씨를 지피는지 알고 싶어 멀리 남산까

작지만 확실한 사랑

지 올라가 답을 구했다. 내가 찾아낸 사랑 불씨의 해답은 '만남'이었다.

누구나 사랑의 불씨를 가슴에 안고 산다. 불씨는 누구를 만나느냐에 따라 지펴진다. 죽은 남편은 K를 만나 불씨가 지펴졌고 아낙을 만나서는 불씨가 일어나지 않았다. 만남은 사람을 죽음으로 끌고 가기도 하고 사랑의 꽃을 피우기도 한다. 아기 엄마가 아기를 만남으로써 사랑의 불씨가 지펴지듯이…….

남자가 좋아하는 가을에, 33년 전 출간한 바랠 대로 바랜 고서 같은 에세이 페이지를 한 장, 한 장 넘기면서 곰팡내 같은 냄새를 맡는 것도 싫지 않았다.

사랑은 누구나 좋아하고 갖고 싶어 하고 사랑하고 싶어 한다. 그렇다면 사랑의 본질은 무엇인가? 이것은 어디까지나 종교적 관점에서 하는 이야기지만 새겨들을 만하다.

붓다(부다)가 설법한 연기(緣起)의 법칙.

"늙음(老)과 죽음(死)은 어디에서 오는가? 태어남(生)에서 온다. 태어남은 어디서 오는가? 존재(有)에서 온다. 존재는 어디에서 오는가? 집착(取:가질 취)에서 온다. 집착은 어디서 오는가? 갈애(愛)에서 온다. 갈애는 어디서 오는가? 느낌(受: 받을 수)에서 온다. 느낌은 어디서 오는가? 접촉(觸: 닿을 촉)에서 온다. 접촉은 어디서 오는가? 여섯 장소(六入: 보고, 듣고, 냄새 맡고, 말하고, 몸으로 느끼고, 생각하다)에서 온다. 여섯 장소는 어디에서 오는가? 정신적, 물질적 현상(名色: 평판, 외형, 명분)에서 온다. 명색은 어디서 오는가? 의식(識) 작용에서 온다. 의식 작용은 어디서 오는가? 유위(行)에서 온다. 유위는 어디서 오는가? 어리석음(無明)에서 온다. 어리석음이 모든 것의 원인이다."

작지만 확실한 사랑

봄소식

입춘이 열흘이나 남았는데
개울가에 버들강아지 몽우리를 틔었네
가지 하나 꺾어
물컵에 꽂아
아내 몰래 싱크대 위에 놓았네

사람의 능력

연애 잘하는 재능
(才能: 재주 재, 잘할 능-재주와 능력을 아울러 이르는 말)

사람의 능력과 재능은 타고나는 것인가? 길러지는 것
인가? 둘 다 맞는 말이지만 구체적으로 파고들면 다르기
도 하다. 능력을 사전에서는 '어떤 일을 해낼 수 있는 힘
이나 기량'이라고 설명한다. 여기서 해낼 수 있는 힘과 기
량은 길러질 수 있는 거지만 재능은 그렇지 않다.

군대에서 또는 기업에서 지휘관을 양성하는 것이 능력
을 길러주는 방식이다. 하지만 재능은 타고나는 것이어

작지만 확실한 사랑

서 누구도 어떻게 할 수 있는 게 아니다.

내가 사회생활을 하면서 여러 사람을 고용하고 같이 일하면서 터득한 것은 사람의 능력은 차이가 있다는 사실이다. 보통사람의 기본 능력을 100이라고 할 때,

어떤 사람의 능력은 100이고 어떤 사람은 105이며 어떤 사람은 95에 불과하다. 능력은 훈련으로 향상될 수 있어서 누구나 100이 될 수 있다. 그러나 재능은 타고나는 것이어서 가르친다고 되는 것이 아니다.

재능이 105인 사람은 훌륭하고 95인 사람은 그만 못하다는 것은 아니다. 재능을 지배하고 움직이는 두뇌가 따로 있어서 그가 어떻게 생각하느냐에 따라서 재능도 달라지기 때문이다.

재능은 눈에 보이는 것이 아니어서 95, 100, 105의 차이가 늘 드러나는 것도 아니다. 차이가 드러나는 기회는 어쩌다가 발생하기 때문에 사회생활에서 특별히 달라지는 것은 없다.

연애하는 재능(才能)

연애하는 것도 재능이어서 연애 잘하는 사람이 있는가 하면 못 하는 사람도 있다. 대부분, 사람들의 연애하는 재능은 100에 속하기 때문에 사회는 무리 없이 돌아간다. 남녀가 만나서 맞선도 보고, 연애도 하면서 행복한 인생을 꾸려 가기 마련이다.

그러나 연애 재능이 105에 속하는 사람은 연애 머리 회전이 조금 빨리 돌아가는 바람에 엉뚱한 생각을 하는 수가 있다. 이런 사람은 궁리와 요령도 많아서 연애도 잘하고 헤어지기도 잘한다.

그와 반면에 연애 재능이 95인 사람은 앞뒤가 꽉 막혀서 아는 것, 배운 것 외에는 다른 어떤 아이디어도 창출해내지 못한다. 소위 우리가 말하는 답답한 사람이다. 하지만 하는 일에는 충실해서 공부하면 성적이 우수하고, 일할 때는 요령도 피울 줄 모르고 답답하리만치 성실하게 임한다.

연애 재능이 95인 사람은 어떻게 연애하는가? 연애에도 운이 있어서 운이 좋으면 실력 발휘를 100% 넘게 나타내지만, 운이 좋지 않으면 실력 발휘를 반밖에 하지 못하는 수가 있다. 연애 재능이 95인 사람이 운이 좋아 멋진 상대를 만나면 그가 모든 것을 감싸주고 챙겨주기 때문에 자신의 능력이 드러나지 않고 거저 넘어가기 마련이다.

문제는 연애 재능이 95인 사람이 운도 좋지 않다면 연인을 어떻게 만나며 연애는 어떻게 해야 하는가? 연애 재능이 95인 사람이니까 모자라는 5만 도와주면 된다. 그의 연애 재능이 95라는 것을 아는 사람은 엄마이거나 친한 친구이기 마련이다. 엄마나 친한 친구가 알아서 5만 도와주면 문제는 쉽게 해결된다.

어떻게 도와주는가 하는 해답을 '모태 솔로'에서 자세히 설명하고 있다.

모태 솔로(모솔남, 모솔녀)

어제 고등학교 동창한테서 카톡을 받았다.

'아직 미국에 들어가지 않고 한국에 머물고 있다면 S 동창의 딸 결혼식에 참석하려무나. S는 아들 둘에 딸이 둘인데 과년한 딸(43)을 늘 걱정하더니 드디어 배필이 나타났단다. 자기 집에 경사 났다고 요즘 싱글벙글이다.'

시집 못 간 딸이 43살쯤 되고 보면 아비로서 어떤 심정인지 짐작이 가고도 남았다. 이 카톡을 LA에서 사는 동창에게 전해주었다. LA 동창한테서 돌아온 카톡은 더 가관이었다.

작지만 확실한 사랑

'친구야, 나는 우리 집에 하나밖에 없는 아들이 45살이 되었는데 결혼을 안(못) 했는지 모르겠으나 아직 미혼인데 이젠 걱정도 안 한다. 공부도 많이 했고, 돈도 잘 버는데 어찌 된 일인지 모르겠다. 제 엄마가 수도 없이 많은 아가씨를 소개해 주었는데도, 여자 쪽에서는 군침을 삼키는데도, 우리 애는 한번 보곤 그만인 게야. 어쩌면 좋으냐. 칼텍 졸업해서 휴즈에 들어가 일하다가 뉴욕 컬럼비아 대학에서 2년, 시카고 대학에서 1년 법학 공부하고 캘리포니아 변호사 면허받고 특허 변호사로 일하는데 장가를 못(안) 갔으니……'

듣고 보니 LA 친구 집 사정도 딱하다. 남자든 여자든 자기 일에 스스로 결정을 못 내리는 사람이 있기 마련이다.

'햄릿증후군'이란 용어가 있다.

"나 뭐 먹을까? 어떤 모양 볼펜을 살까?"

자기 스스로 결정하는 것이 망설여지거나 아예 포기하는 이른바 '선택 결정 장애'가 청소년 사이에서 크게 늘어나고 있다고 들었다. 결정 장애는 하나의 사회적 현상이지 발달장애와 같은 특정 장애는 아니다. 이들은 아주 기본적인 결정도 혼자 내리지 못하고 자기 결정권을 타인한테 의지해 내리거나 아예 내리지 못한다. 선택하지 못하고 결정을 남에게 맡기는 희곡 속 주인공 햄릿을 따서 '햄릿증후군'으로도 불린다. 나는 살아가면서 이런 '햄릿증후군' 증세를 보이는 사람들을 많이 보았다.

특히 학부모가 하나에서 열까지 자녀를 일일이 챙기면서 "내가 하라는 대로 따르라"라는 식의 경우 '결정 장애'에 노출될 확률이 높다.

예를 들어 엄마가 미리 꺼내 놓은 옷가지와 학교에서 돌아오면 먹을 간식이 식탁 위에 놓여 있고, 그 주에 해야 할 스케줄이 적혀 있다. 하지만 부모의 영향으로 혼자서는 햄버거 가게에서 '뭘 먹을지' 주문조차 하기 힘들어 한다.

또 다른 예로 "생일 선물로 3가지를 받고 싶은데 이 중에 어떤 걸 고를까?" 등 자신이 2~4개를 고르고 그 이상의 결정은 타인의 의견이 지배하는 식이다.

이러한 현상은 아이가 무엇을 원하는지 묻지 않고 어른이 알아서 해 주는 데에 근본 원인이 있다.

작지만 확실한 사랑

정신과 전문의들은 누구에게나 결정을 내릴 때 작은 망설임은 있기 마련이지만 선택 결정 장애의 경우에는 정답이 없는 사소한 결정도 내리기 힘들어한다는 것이다. 의사를 결정하기 전, 만약 틀리면 '어쩌지'라는 생각이 깊숙이 자리 잡고 있기 때문이라고 지적했다.

현대와 같이 IT 문명의 발달로 선택의 기회가 늘어나고 제품과 서비스가 다양해지면서 스스로 무엇인가 선택하는 것을 어려워하는 결정 장애를 앓는 일반인들이 늘어나는 것도 사실이다.

결정이 어려울 때는 '이건 가치 있는 것인가'란 질문을 던져 보는 것이 좋다. 질문에 답하려면 효용성과 즐거움, 비용을 따져봐야 하고 과거 경험을 떠올려 보게 된다. 지금 당장 좋아서 사고 나면 곧 싫증이 나 쓰지 않고 놓아둔 물건들을 생각해 보는 것이다.

최근 들어서는 '쇼핑 결정 장애'를 해결해주는 온라인 데이터 커머스 사업도 출시되는 등 관련 사업이 잇따라 생겨나고 있는 것으로 보아 '햄릿증후군'을 겪는 사람들이 의외로 많은 것 같다.

살면서 가끔 아내가 하라는 대로 하는 남편, 남편이 하라는 대로 하는 아내를 볼 수 있는 데 이런 사람들이 싱글일 때는 누가 결정을 내려주었을까?

LA 친구의 아들이 선을 아무리 많이 보면 무슨 소용이 있나, 결정을 못 내리는 남자인데. 선 본 여자 역시 사회적 경험, 남자 경험이 없는데 남자를 대신해서 무슨 결정을 내려줄 수 있겠는가?

이렇게 되면 서로 얼굴만 쳐다보다가 마는 거다. 이럴 때는 여자를 누구보다도 잘 아는 엄마의 역할이 중요하다. 선을 보고 온 후에 남자에게서 기별이 없으면 여자로서 자존심도 상하고, 싫어하는 모양이라고 속단하고 포기한다. 그렇다고 전화로 진심을 물어보는 것도 좋은 방법은 아니다. 이럴 때는 딸의 마음을 누구보다도 잘 아는 엄마가 나서야 한다. 앞서 말했듯이 연애 재능 5%가 모자라는 딸을 위해 엄마가 나머지 5%를 채워줘야 한다.

이삼일 후에 딸더러 직접 남자를 찾아가서 만나 보라고 하는 것도 한 방법이다(물론 딸은 자존심 상하는 일이라 가기 싫다고 하겠지만). 만나자고 전화를 걸면 남자에게서 나오는 대답은 들어보나 마나 싫다고 할 것이다. 이럴 때는 직장 앞에서 기다리고 있으니 나와 달라고 강제로 실행하게 해야 한다. 결정 못 내리는 남자를 결정으로 끌어내는 방법이다. 억지로라도 찾아간 딸은 웃으면서 "사람이 한 번 보고 어떻게 판단할 수 있겠는가?" 하면서 떠보라고 시켜야 한다(얼굴이 빨개지면서 서먹서먹하겠지만 그것이 오히려 플러스가 된다. 순진하다고 할까? 하는 면이 있어서).

엉뚱한 행동 같지만, 대개의 남자는 어리석어서 연락도 없이 갑자기 찾아온 여자를 보면서 '이 여자가 나를 좋아하는 모양이라고, 아니면 이 여자 똑똑하구나, 이 여자 괜찮은데' 하고 착각 내지는 얼떨떨한 생각을 하게 된다. 더군다나 연애 재능 5%가 모자라는 남자는 이것이 운명인가 하는 엉뚱한 생각도 든다.

사실 모르는 남자를 찾아갔다는 것은 말을 안 해서 그렇지 "나 당신하고 결혼하고 싶어" 하는 말이 숨어있는 행동임이 분명하다. 어느 바보가 그런 무언중의 언어를 읽지 못하겠는가. 결정 못 내리는 남자에게 결정을 내리게끔 해 주는, 내지는 결정을 촉구하는 역할을 여자가 해야 한다(결혼 전부터 결정을 내려주는 거다).

경험이 없는 젊은 여자가 적으나마 뻔뻔스러운 일을 이

렇게 이끌어가기란 어려운 일이다. 이때 여자의 엄마가 딸을 안심 시켜 가면서 남자가 결정하게끔 만들어야 한다.

결정 못 내리는 남자는 자신의 약점이 드러나는 것 같아서 싫지만, 투덜대면서도 결정 내려주는 여자를 좋아한다.

한국에 사는 아내의 사촌 딸도 40 넘은 지가 한참 됐는데도 결혼을 안(못) 하고 있다. 부모가 모두 한국에서 제일가는 대학 출신에다가 강남에서 잘 산다. 딸은 미국에서 석사, 박사 다 받고 지금 직장에서 한자리하고 있다. 딸 엄마의 말로는 직위가 높다 보니 프러포즈 해 오는 남자가 없어서 그렇단다. 그것은 어디까지나 딸 부모의 생각일 뿐 실은 딸이 연애 재능 5%가 모자라는 여자다.

부모 말 잘 듣는 착한 아이로 성장하면서 하라는 대로 열심히 하다 보니 학업 성적도 좋게 나오고 어른들로부터 칭찬도 받았다. 어른이 된 그녀에게 만족감과 자신감을 준 것은 직장에서의 성취였으며 그녀에게 일이란 무엇과도 바꿀 수 없는 자기대상이 되었다. 애인도 친구도 필요 없었고, 그저 새벽 일찍 일어나 출근해서 열심히 일해

작지만 확실한 사랑

높은 실적을 올릴 생각에 설레곤 했다. 그러면서도 어딘가 허전하고 무엇인가 이루지 못한 것에 대한 허망한 생각이 든다. 행복을 이루는 사랑이 비어 있기 때문이다. 뒤늦게 알아차렸지만 어떻게 해야 사랑하고 행복해지는지 알지 못한다.

부모는 딸을 경쟁으로 몰고 가면서 경쟁이 개인 삶의 질을 악화시킨다는 것은 모르고 있다. 성인이 된 딸도 분명하게 상황판단을 하고는 있지만, 부모의 기대에 못 미치는 상대를 만날까 봐 처음부터 엄두를 내지 못하고 주저하게 되는 것이다.

그녀가 건강한 삶을 살기 위해서는 연애도 하고, 친구도 만나며, 일 말고 다른 취미도 찾아보는 등의 노력이 필요하다. 무엇보다 자기애를 찾는 일이 우선되어야 한다.

나의 아내도 친구의 딸을 만나 보았는데 얼굴도 깨끗하고 곱상하게 생겼는데 시집을 못 가다니 아깝다고 했다.

이 말을 들으면서 성철 스님의 말씀이 생각난다.

"베풀어 주겠다는 마음으로 고르면 아무하고도 상관없다. 덕 보겠다는 마음으로 고르면 제일 엉뚱한 사람을 고르게 된다."

연애 못 하는 사람들의 공통점은 상대방에 대해 기대치가 높기 때문이다. 모든 조건에 맞는 사람은 없다. '이상형' 고집은 버려라. 대신 상대방에게 내가 이상형인지 생각해 보라. 또, 상대를 이성적으로 이해하려 노력하지 마라. 남녀는 언어와 생각이 다른 종족이다. 서로 달라서 함께 살 수 있는 것 아닌가.

또 다른 아내의 친구 딸도 엄마와 같이 사는데 이 집 딸도 싱글이다. 이제 여자 나이 40 넘도록 결혼 안 하고 사는 건 풀풀한 일이 되고 말았다. 오히려 점점 늘어가는 추세다. 말이야 바로 하랬다고 안 하고가 아니라 못하고 있다는 게 진실이다.

"요즘 세상에 싱글로 사는 건 보통이야" 하지만 싱글도 싱글 나름이지 40이 넘으면 싱글로서 대우받는 나이도 지났다.

결혼 못 하는 사람, 결혼 안 하는 사람을 보면 일반적으로 자존감이 낮다. 자존감은 나다운 나를 인정하는

작지만 확실한 사랑

내면의 정서다. 타인의 시선과 관심에 흔들리지 않고 세상을 헤쳐가려는 의지가 강한 마음가짐이다. 자존감이 허약하면 자신에 대한 타인의 평가에 따라 삶의 방향이 이리저리 휘둘리고 만다.

결혼을 안 하는 사람들은 겉으로 보기에는 독립성과 책임감이 매우 강해 보이지만 속으로는 자신에게 만족하지 못하고 자존감이 낮아 항상 열등의식에 빠져있다. 자신을 깨닫게 도와주고 자존감을 높여 열등감을 해소해 주면 해결되는 문제다.

열등감은 주로 어린 시절 형성되어 일생 지속되지만, 지속적인 노력과 연습을 통해 극복할 수 있다.

나는 한국 일간지에 어느 작가가 기고한 글을 읽고 기겁을 한 적이 있다. 다 큰딸이 엄마에게 남긴 질의들을 소개했는데 "첫 연애, 첫 뽀뽀는 언제?"라는 물음이 끼어 있는 것을 읽고 경악을 금치 못했다. 다 큰딸이 이걸 질문이라고 하나?

문제는 딸이 싱글일지언정 독립 시켜 내보내지 못하고 엄마가 밥해주고 빨래해 주면서 끼고 살다 보니 딸은 나이만 먹었지 어린 애인 것이다.

매년 새해가 되면 '데이팅 앱'이 성시를 이룬다. 새해에
는 결혼해 보겠다는 심산이리라. 어른들을 통해 소개받
는 중매에 거부반응을 일으키는 젊은 세대들은 스스로
해결해 보겠다고 매치메이킹 앱을 클릭한다. 젊은 층의
채팅 활동은 자정부터 새벽 1시까지 가장 활발하다고 앱
운영자는 말한다. 이것은 남녀 누구나 결혼에 관심이 많
다는 것을 의미하며 보통 사람은 다 그렇게 산다.

나는 결혼할 상대가 없다는 사람들을 이해하지 못했
다. 세상에는 남자 반, 여자 반인데 상대가 없다니 말이
안 된다. 때가 되면 본인이 알아서 결혼하는 것이 당연하
다고 알고 살았고 그렇게 믿었다. 나도 그랬지만 우리 아
이들 셋도 결혼에 관해서 이야기해 본 적도 없고 믿고 내
버려 뒀더니 자기들이 알아서 다 짝을 찾아갔다. 본인이
정한 파트너가 잘났건 못났건 그것은 전적으로 본인의 선
택에 달린 것이어서 나는 참여하지도 않았다.

세상에 태어나 남자이건 여자이건 본인이 좋아하는 사
람이 생기는 건 당연한 거고 둘이 좋으면 사랑하게 되는

작지만 확실한 사랑

거다. 그렇게 알고 살았고 또 세상은 그렇게 돌아간다. 결혼하는데 무슨 학벌이며, 집안이며, 직업이며, 돈이 필요한가? 두 사람이 좋아서 사랑하면 됐지 더는 뭘 바란단 말인가?

그런 나에게 모든 사람이 나 같지만은 않아서 결혼을 못 하는 사람이 있다는 사실을 뒤늦게 이해하게 되었다. 갖출 것은 다 갖췄으면서도 아니 넘쳐나는데도 결혼을 못 하는 사람들을 이해하게 되었다. 인생 70년을 살다 보니 친척, 친구, 이웃, 모임 등에서 보고 들은 것도 많아서 이해의 폭이 넓어졌다. 나이가 들도록 결혼 못 하는 사람이 많은 것은 아니지만 그런대로 꽤 있고 늘어가는 추세다.

근래에 와서 친구가 그 옛날 결혼하던 이야기를 들려주는 바람에 결혼 못 하는 사람들이 왜 결혼에 골인하지 못하는지 알게 되었고 그들의 심정을 이해하게 되었다. 친구는 서울에서 잘나가는 집안이었다. 잘 나간다는 말은 재산도 있고, 부모 존함도 있고, 학벌도 좋고, 인물도 번듯해서 늘 명동에서 놀던 친구다. 당연히 여자에 관해서도 잘 나가는 줄만 알고 관심도 두지 않았고, 친구 역시 여자에 관해서는 입도 뻥긋하지 않았다. 그런 친구가 연애 한 번 못하고 인생을 보냈다는 사실을 다 늙은 최근에서야 알았다.

인생 다 살고 난 다음에야 그 친구가 여자 앞에서는 모태 숙맥이라는 사실을 알다니 나도 참 한심한 사람이다. 연애 한 번 못 해봤다는 사실이 나로서는 도저히 이해가 되지 않아서 어안이 벙벙했는데 시간이 지나면서 그럴 수도 있겠다고 이해하게 되었다.

사람은 공부 잘하는 머리가 있고, 사업 잘하는 머리가 있고, 연애 잘하는 머리가 있고, 돈 잘 버는, 돈 잘 쓰는 머리가 있고, 친구 잘 사귀는 머리가 있는 것처럼 다양하다.

오래전에 미국에 사는 나에게 한국에서 잘 나가던 친구가 뻔질나게 편지질을 해댔다(그때는 편지가 유일한 통신 수단이었다). 자기도 미국에 이민 가는데 뭘 배워 가지고 가면 좋겠냐는 것이다. 영어 학원에도 다니고, 자동차 정비 기술도 배우는 중인데 무엇을 더 배웠으면 유용하게 써먹을 수 있느냐고 물어왔다.

작지만 확실한 사랑

나는 학원에 다니느라고 돈 없애지 말고 아무것도 배울 것 없다고 말해 주었다. 다만 결혼해서 부인과 함께 오도록 해라. 두 사람이 힘을 합치면 살 수 있으니 결혼하라고 권유해 주었다.

친구는 내 말을 듣고 선보러 다녔다. 친구 말로는 약 30여 번 선을 보았다고 한다. 그러나 결혼은 성사되지 않았다. 왜 성공하지 못했을까? 그때는 왜 그랬는지 몰랐는데 지금 생각하면 친구의 심리상태에 여자를 사귀지 못하는 벽이 있었다. 벽이라는 것은 연애 재능이 95%인 것이다. 심리적으로 자신이 없을 수도 있고, 앞날이 두려울 수도 있고, 결정 장애 중후군일 수도 있다.

어찌 되었건 친구도 결국 결혼은 해서 미국에 들어왔다. 친구 부인은 일찍 저세상으로 갔고 친구도 다 늙었다. 늙은 지금에서야 어떻게 결혼을 하게 되었는지 자초지종을 들려주었다.

아내와 선보는 자리에 장모님도 함께 있었다. 늘 하던 대로 다방에서 선을 보고 밖으로 나와 걸어가는데 여자의 어머니가 따라 나오면서 딸의 팔을 친구의 팔에다가 팔짱을 끼워주면서 같이 걸어가라고 하더란다. 사실 이러한 행위는 "내 딸은 당신하고 결혼하고 싶어"라는 말이 은연중에 숨어있는 행동이다. 눈치챈 친구는 덜컥 책임감을 느꼈다고 한다. 팔짱까지 끼었으니 이제는 빼도 박도 못 하게 생겼다는 결정적인 순간이 되고 만 것이다. 결정을 못 내리는 친구에게 딸의 어머니가 대신 결정을 내려준 셈이다.

오래된 이야기이기는 하지만 내가 고용한 여종업원 중에 수잔 최라는 여자가 있었다. 샌호세 주립 대학에서 인테리어 디자인을 공부하고 내가 운영하던 사업체에 입사한 여자였다. 얼굴도 곱상하고 몸매도 괜찮은 편이었는데 어찌 된 영문인지 나와 함께 20년을 일하는 동안 남자 친구 사귀는 걸 보지 못했다. 늘 책이나 읽고 점심 사먹는 게 취미인 것 같았다. 내가 옆에서 20년 동안 지켜보면서 새로운 것을 알게 되었는데, 여자가 남자로부터 관심의 대상이 되려면 속된 말로 꼬리를 쳐야 한다. 꼬리를 친다는 말은 눈빛을 마주친다거나, 말을 부드럽게 받아준다거나, 어떤 호감이 가는 제스처(나는 당신에게 호감이 있다는 신호)를 취해야 한다는 말이다. 꼬리 치지 않는

작지만 확실한 사랑

여자에게 덤벼드는 남자는 없다. 그런데 수잔은 꼬리를 칠 줄 모르는 여자였다. 꼬리가 아예 없는 여자 같았다. 남자에게 전혀 관심이 없는 것처럼 보였고, 소개해 달라는 말을 들어본 적도 없고, 이성을 그리워하는 것 같지도 않았다. 무관심으로 일관되어 있었다.

여자 앞에서 결정을 못 내리는 남자가 있듯이, 남자 앞에서 꼬리 칠 줄 모르는 여자도 있다. 이때도 여자와 가장 친한 사람이 대신 꼬리를 쳐 주어야 한다. 꼬리를 쳐서 여자에게 넘겨주면 그때부터는 잘 어울려 간다.

또 다른 예를 들어보자.

나의 조카는 스탠포드 대학 병원에서 어린이 심장센터 과장으로 근무하면서 40이 다되도록 결혼하지 못했다. 엄마가 나서서 한국에서 유학 온 여학생들을 소개해 주었으나 이뤄지지 않았다. 아가씨 다섯 명인가 하고 선을 보았으나 사람만 만나 보고 들어오는 정도로 끝이었다. 선본 여러 여자 중의 한 대학원 학생이 스탠포드 대학 병원으로 찾아왔다. 갑자기 여자가 찾아왔지만, 시간이 여의치 못해서 만나보지 못했다. 그리고 두 번씩이나 찾아오는 바람에 다시 만나 이야기를 나누었다. 긴가민가하던 여자로부터 나를 좋아하는 것 같다는 확신이 서자 곧바로 데이트로 이어졌다. 내 조카로서는 여자가 결정을 내려주니 얼마나 고마운 일인가.

나중에서야 알게 된 사실인데 한국에서 전화 통화로만 딸이 선보았다는 말을 듣던 여자의 엄마가 직접 병원으로 찾아가서 진짜 의사인지 확인해 보라고 해서 찾아갔다는 것이다. 결정은 순간이고 순간은 책장 넘기듯 쉽게 넘어간다.

이런 예도 있다. 나의 외조카는 공부를 잘해서 UC Berkley 공대에서 토목공학을 공부했다. 졸업 후에 캘리포니아 교통국에서 근무하면서 좋은 동네에 집도 마련했건만 나이 40이 다 되도록 여자 한번 사귀지 못했다. 조카는 공부할 때나 업무를 추진할 때는 성격의 이상징후가 전혀 나타나지 않는데 사생활로 들어서면 성격이 내성적이고 말이 없다. 모태 숙맥이 돼서 처음 보는 사람 앞에서는 남녀를 막론하고 얼굴이 빨개지면서 말부터 떨린다. 다음 날 물어보면 그때야 조카의 진심이 나온다.

작지만 확실한 사랑

내 조카의 성격을 잘 아는 대학 동창이 여자를 소개해 주었다. 같은 나이 또래의 여자이지만 똑똑하기가 이만저만이 아니었다. 처음부터 내 조카의 성격을 미리 알고 나왔겠지만, 여자가 이끌어 가니까 조카는 부담 없이 따라갔다. 결혼한 지 이십 년이 되었지만, 오순도순 잘 산다.

이런 사례들을 보면서 혼기가 지나도록 결혼 못 하는 사람들은 심리적으로 무엇인가 위축되어 있어서(연애 재능 95%) 심리적인 문제를 해결하지 않으면 결코 결혼에 골인하지 못하겠구나 하는 생각이 들었다.

한국인은 미국인보다 스스로 결정 못 내리는 증세를 보이는 사람이 많다. 증세라고 하면 병명처럼 들리겠지만 편의상 그렇게 부르기로 하자. 한국은 어려서부터 부모가 모든 결정을 내려주기 때문에 아이는 부모에게 의존도가 높다. 미국에서는 어려서부터 스스로 결정을 내리게끔 훈련 시킨다. 예를 들어 아이 방 벽지는 아이가 고르게 한다든가, 아침에 일어나 오늘 입는 옷은 자신이 스스로 골라 입게 한다, 이렇게 간단한 데서부터 시작해서 대학 진학도 본인이 알아서 결정하게 유도한다. 부모의 역할은 엉뚱한 길로 빠지지 않게 방향을 제시해 주는 역할일 뿐이다.

미국에서 아이가 초등학교에 들어가면 제일 먼저 '인종 차별, 남과 비교' 이 두 가지 금지 사항을 철저하게 가르친다. 일본에서는 어린아이에게 '남에게 폐가 되는 일을 해서는 안 된다'는 것을 가르친다. 한국 부모들은 아이에게 '기죽지 말라'고 가르친다.

결정을 못 내린다고 해서 모든 결정을 못 내리는 것은 아니다. 한두 가지 특정한 결정 문제에서 제동이 걸린다는 이야기일 뿐이다. 이런 문제를 정신과 심리학자와 의논해서 자신을 이해하고 스스로 치료하면 좋겠으나, 정작 본인은 "아무 이상 없다, 혹은 누굴 정신병자 취급하느냐"라는 식으로 넘기면 영영 해결 안 되는 문제로 남는다.

지혜로운 사람은 자신의 태생적 성격과 기질을 파악해서 자제할 것은 자제하고 부각시킬 것은 부각시키면서 잘 다스려 나가면 상대에게 호감을 사는데 문제될 게 없다.

생긴 대로 사는 게 아니라 사는 대로 바뀌어 간다. 늘

작지만 확실한 사랑

웃는 표정을 훈련과 연습으로 만들어 가면 행복한 얼굴로 바뀌게 되고 행복해하는 얼굴은 누구라도 좋아한다. 내가 보낸 미소는 상대방을 행복하게 하고 상대방이 느낀 행복은 몇 곱으로 커져서 내게로 돌아온다.

결정을 내리지 못한다거나, 꼬리 칠 줄 모른다는 식의 문제는 정신병이 아니다. 자라면서 부모에게서 보고 배웠거나 가정환경이나 주변의 어떤 사건 혹은 경험이 무의식 속에 잠재해 있으면서 작용하는 관계로 심리적으로 위축되어 있으면서 자유롭지 못하다는 상태일 뿐이다.

그렇지만 이런 결정 결여 증후군 사람도 결혼하기 전, 처음에 누군가가 결정을 도와주기만 한다면 그 후 결혼해서 잘 산다.

결정을 못 내리는 성격이나 꼬리 칠 줄 모르는 성격은 집안 내력이나 충격적인 사건 때문에 올 수도 있지만, 주로 자기애의 결핍 내지는 독립성 부족에서 오는 경우가 많다. 자기애를 형성시키는 여러 가지 멘트들이 있는데 첫째, 자신을 다른 사람과 비교하지 말아야 한다. 둘째,

타인의 말에 신경 쓰지 마라. 이런 식의 고쳐야 할 점이 나열되어 있는데, 자기 스스로 인정하고 터득해 가면서 자아에 눈을 떴으면 좋겠으나, 술 중독자가 스스로 끊을 수 없는 것처럼 자기애를 형성시키는 것도 전문가의 도움이 필요하다.

자기애가 형성되면 자기 인생을 찾게 되고, 결혼도 쉽게 이루어지고, 무엇보다 스스로 행복해진다 하겠다.

동물의 세계에서 수컷은 암컷을 유혹하는 능력을 타고 난다. 수컷이 유혹하는 능력을 타고난다면 암컷은 선택의 권한을 타고난다. 우수한 유전자를 남기기 위해서 능력 있는 수컷을 선택한다. 암컷이 수컷을 선택하는 첫 번째 기준으로 능력을 본다.

이 법칙을 사람에게 적용해도 무리가 없다. 여자는 남자의 능력을 보고 결정한다. 능력에는 육체적, 경제적, 사회적 등 여러 가지가 있을 것이다. 그러면 능력 없는 남자는 결혼 못 하는가? 그렇지 않다. 능력 없는 남자는 능력 있는 여자를 찾는다. 사람이 동물과 다른 점은 우수한 유전자를 남기기 위해서 짝을 찾는 게 아니라 행복을

작지만 확실한 사랑

위해서 찾기 때문이다.

한 가지 분명한 것은 연인은 예고 없이 나타난다는 것이다. 미리 준비하면 더 좋은 짝을 고를 수 있다. 매일 수많은 인연이 내 옆을 스쳐 지나간다. 내 사람도 그중에 있다는 사실을 기억했으면 좋겠다.

03
|

사람들은 왜 사랑에 빠지는가?

어떻게 사랑에 빠지는가?

사랑에 빠지는 것은 뇌가 '사랑'이란 화학물 칵테일을 마시면서 시작한다. 엔돌핀 속에 두 개의 다른 화학물질이 섞여 있는데, 사랑하고 싶어지는 옥시토신과 이성과 유대감을 증진 시키는 바소프레신 호르몬이 뇌에서 생성되면서 사랑에 빠지게 된다.

사랑에 빠지는 데 얼마나 걸리나?

조사에 따르면 남자들은 평균 88일 만에 파트너에게 처음으로 몇 마디 사랑의 말을 전하는 것으로 나타났다.

반면 여성은 평균 134일을 소비한다.

내가 사랑에 빠졌는지 어떻게 아나?

관계의 초기 단계에서 혼란스러울 수 있다는 데는 의심의 여지가 없다. 그를 머리에서 지울 수도 없고, 일할 때 그 사람에 대한 공상? 함께 미래를 상상하는 것? 이런 어지러운 생각들은 사랑의 징조일 수도 있다. 데이트 상대가 나를 어떻게 생각하는지 궁금하기도 하다. 자신의 감정일망정 스스로 명확히 해석하기도 어려울 수 있다. 지금 느끼는 감정이 진짜인지, 지속해서 이어질 건지, 아니면 이런 식으로 가다가 그치고 말 것인지 혼란스럽다. 이것이 사랑의 시작인지 아니면 지나가는 바람인지는 분명히 알아야 하겠다.

사랑에 빠지면 갑자기 새로운 일을 하고 싶어 한다. 자기가 일상으로 하던 범위를 넘어서 그가 좋아하고 즐기는 일을 나도 해 보고 싶어진다. 새로운 음식을 시도하거나, 새로운 쇼를 보거나, 달리기, 낚시, 도박과 같은 새로운 활동을 시도하는 자신을 발견할 수도 있다.

새로운 일의 시도에서 오는 스트레스는 코티솔 호르몬

수치를 높이면서 불안과 긴장을 초래한다. 친숙하지 않은 사람과의 반복적인 만남에 대한 정상적인 반응일 수 있다.

우연한 관계에서 사랑에 빠지는 단계로 전환하는 과정에서 옥시토신 호르몬 분비는 사랑의 시작 단계에 관여한다. 뇌의 호르몬 활성화는 '보상 시스템'의 일부로 간주되며 동기 부여가 매우 높아진다.

작지만 확실한 사랑

사랑에 빠지면 어떤 현상이 일어날까?

마음이 뒤숭숭하고 그가 좋아지기 시작하면, 사랑에 빠지고 있는 건지, 어떤 건지 초기 단계에서는 혼란스러울 수 있다. 내 감정이지만 어리둥절한 생각이 들기도 한다. 데이트 상대가 정말로 나를 어떻게 생각하는지 궁금하고 알고 싶다. 지금 느끼는 게 진실일까? 아니면 좀 더 신중해야 하는 거 아니야? 하는 생각도 든다.

지금까지 과학자들이 사랑에 빠지면 뇌가 어떻게 작동하는지 연구하고 밝혀냈다. 과학적으로 사랑에 빠지면 뇌에서 강력한 쾌감과 행복을 느끼게 하는 도파민이라는 호르몬의 분비로 인하여 사람을 미치게 만든다. 사랑의 유효기간이 2~3년이어서 그 사이에 아기가 탄생하고 사랑은 서서히 다른 형태의 사랑으로 변해간다. 그동안 생성되던 도파민 호르몬이 사라지고 옥시토신이라는 호르몬이 대신한다. 옥시토신은 아름다운 사랑 즉 로맨틱한 사랑을 이어가게 한다.

실제로 호주 시드니 대학의 아담 박사는 불화를 겪고 있는 부부에게 옥시토신을 약물로 투여하는 실험을 했더니 결과는 서로 못 잡아먹어서 안달하던 부부가 서로를 이해하려는 모습으로 바뀌어 갔다. 옥시토신을 정으로 표현할 수 있겠는데 옥시토신은 성숙한 사랑일 때만 나타날 수 있다. 모든 동물에서는 열정적인 사랑을 나타내는 호르몬이 나오지만, 안정적인 사랑의 호르몬은 진화가 어느 정도 된 동물에서만 나온다. 상대의 마음을 알고 상대를 위해 주고 상대를 편안하게 해 줄 수 있어야만 안정적인 사랑이 가능하다.

그를 머리에서 지울 수가 없다. 일할 때 그에 대한 공상으로 가득하다. '함께'라는 전제하에 미래를 설계해 본다. 이런 징조가 나타나면 사랑에 빠졌다는 증거다. 그 외의

작지만 확실한 사랑

여러 가지 사례의 사랑징후를 들춰 보자.

1. 사랑에 빠지면 바라보는 상대가 보통 사람임에도 불구하고 특별한 인물이라고 생각하기 시작한다. 이것은 뇌에서 도파민 수치가 상승하기 때문이다.

2. 사랑에 빠지면 깨어있는 시간, 거의 모두를 "사랑의 대상"에 대한 생각으로 채워진다. 이러한 형태의 강박 증세는 행동으로 이어진다.

3. 공감의 감정이 일어난다. 사랑에 빠진 사람들은 일반적으로 사랑하는 사람에 대한 강력한 공감 감각을 느끼고, 상대방의 고통을 자신의 것으로 느끼고 상대방을 위해 무엇이든 기꺼이 희생한다.

4. 과학적으로 사랑에 빠지는 것은 중독의 한 형태인 것이다. 마치 약물 중독자들의 행동과 유사하다. 정서적 생리적으로 불안정하고 흥분과 행복, 에너지 증가, 불면증, 식욕 상실, 초조함 같은 증상이 일어

나면서 작은 일에도 기뻐하고 부풀려서 생각하는가
하면, 작은 일에도 불안, 절망감을 느끼기도 한다.

5. 사랑에 빠졌을 때 장애물이 생기면, 그 역경을 이겨
   내려는 에너지가 분출하는데 이것은 도파민 생성이
   더욱 생산적으로 변하기 때문이다. 도파민 생성이
   사랑의 형태에 따라 강도를 달리한다.

6. 사랑에 빠지면 사랑하는 사람의 긍정적인 자질에 초
   점을 맞출 뿐, 부정적인 자질은 보이지 않는다. 자질
   구레한 사건이나 작은 기념품에도 사랑의 의미를 부
   여하며 간직하려 든다.

7. 사랑에 빠지면 지금까지 해 왔던 자신의 생활을 버
   리고 사랑하는 사람에게 맞추려 든다. 옷, 버릇, 습
   관, 가치관을 사랑하는 사람과 어울리도록 재정비한
   다.

8. 사랑에 빠지면 사랑하는 사람과 감정을 공유하면서

작지만 확실한 사랑

미래를 설계한다.

9. 사랑에 빠져들수록 성적 욕망이 일어난다. 성적 갈망은 소유욕, 종족 번식 욕구에서 일어난다. 사랑하는 상대가 불륜으로 의심될 때 극도의 질투심을 불러일으킨다. 이때 일어나는 질투심은 사랑하는 사람이 다른 경쟁자를 떨쳐버릴 것을 강요한다. 이것은 임신이 일어날 때까지 구애가 중단되지 않도록 보장하는 심리적 장치다. 이 심리적 장치는 인류의 생존을 위한 진화 과정에서 생겨난 것이다.

10. 만일 사랑하는 사람으로부터 거절당한다면, 거절당한 사랑의 대상이 뇌에서 사라지지 않는 것이 사실이며 깊은 고민에 빠진다. 거절당한 후에도 여전히 사랑하는 사람이 보이는 것이다. 이것은 마치 코카인 중독에 걸린 것처럼 오래도록 계속된다.

사랑에 빠지는 건 사랑이 아니다

사랑에 빠진 현상을 우리는 눈에 콩깍지가 씌었다고 말한다. Gary Chapman은 『The Five Love Languages』란 책에서 사랑에 빠진 현상을 이렇게 말한다. 이것은 테노브 박사의 이론인데 사랑에 빠졌다는 것은 진정한 사랑과 구별되어야 하는데 사랑에 빠졌다는 것은 '생리적인 사랑'이라고 말한다. 즉 진정한 사랑이 아니라고 말한다.

사랑에 빠지는 것은 의식이 있는 선택이 아니며 의지에 따른 행동도 아니다. 감정을 조절할 수도 없고 감정이 앞지르는 것을 막을 수도 없다. 다시 말하면 물불을 가리지 않게 된다. 물불을 가리지 않는 것보다 더한 미치게 만들기도 한다. 판단도 휘둘러서 유부남을 사랑하기도 하고 동성 간에도 사랑을 나눈다. 제어할 수 없는 감정에 자신을 컨트롤할 수 없다. 사랑에 빠진 상태가 가장 행복하기에 더는 바랄 것도 없다. 돈도 성공도 다 필요 없고 오직 그만 옆에 있어 준다면 그것으로 행복하다.

여기서 펙 박사의 말을 빌리면 사랑에 빠진 감정은 '오로지 교미하려는 유전적이고 본능적인 요소다. 사랑에 빠질 때 생기는 자아의 일시적인 붕괴, 종족 보존을 위한 동물적인 짝짓기 본능에서 우러나는 반응'이다.

사랑에 빠지면 이성 능력을 마비시켜서 제정신이었을 때 하지 않았던 말이나 행동을 하는 것이다.

진정한 사랑은 이성이 살아 숨 쉬는 사랑을 의미한다. 이성이 살아 숨 쉬는 사랑은 훈련과 단련을 요구한다. 사랑하는 사람을 위해 사려 깊게 위해 주고 보살펴 주는 노력이 요구된다. 사랑에 빠지면 엔돌핀 주사를 맞은 것처럼 행복하고 들뜬 기분이 지속되면서 그를 위해서 무엇이든지 해 주고 싶고 그를 위해서라면 아까울 게 없는 현상이 일어난다. 지속적으로 들떠 있게 되므로 이것을 정상적인 사랑이라고 볼 수 없다.

두 사람이 같이 미쳐 있다면 문제가 크게 발생하지 않지만 두 사람 중에 한 사람만 미쳐 있는 상태가 짝사랑이다. 짝사랑이 일어나면 문제를 크게 그르칠 수도 있다.

내가 총각 시절에 우리 집에 세 들어 사는 젊은 부부가 있었다. 두 살 먹은 아들이 하나 있고 충청도 예산에서 올라온 젊은 부인은 임신 중이었다. 남편이 바람이 나서 집에 들어오지 않았다. 부인이 수소문해서 알아본 결과 남편은 초등학교 동창인 여자를 만나 그녀의 집에 머물고 있었다. 어른들을 동원해서 남편을 집으로 데려오기는 했으나 사랑에 빠진 남편은 제정신이 아니다. 집에 와서는 식음을 전폐하고 죽겠다고 누워 있으니 젊은 부인도 미칠 지경에 이르렀다. 나중에는 남편이 젊은 부인에게 빌면서 애인이 보고 싶다고 사정하더란다. 애인을 한 번만 보게 해 달라고 며칠을 사정하면서 비는데 참아모르는 척할 수가 없었다고 부인은 털어놓았다.

결국, 부인이 나서서 남편의 애인을 집으로 불러왔다. 남편 애인도 손님이라고 젊은 부인은 밥을 해서 상을 차려 방에다 들여놓았다. 우선 며칠씩 굶은 남편을 살리고 볼 일이라서 그랬다. 그러나 남편이 하는 짓거리를 옆에서 보고 있을 수가 없었다고 한다. 남편이 맛있는 반찬은 젓가락으로 집어서 애인 입에다 넣어주는 것이다. 아무리 남편더러 먹으라고 해도 남편은 애인 입에 넣어주지 못해서 안달이 났는데 이 꼴을 어찌 보고 있을 수가 있겠느냐고 했다. 그래도 꾹 참고 저러다가 남편의 병이 낫겠지 하는 한 가닥 희망 때문에 참았다. 밥 더 달라는 남편에게 숭늉까지 떠다 바쳤다. 거기까지는 그런대로 넘어갔다.

남편이 자고 가라고 붙잡으니까 애인이란 여인이 떡하니 자고 가겠단다. 어쩔 수 없어서 좁아터진 방 한 칸에서 두 여자와 남편 그리고 두 살 먹은 아들하고 같이 자게 되었는데 이게 말이 그렇지 잠이 오겠느냐는 말이다. 세 사람이 모두 자지는 않고 뜬눈으로 밤을 새운 것이다.

다음 날 이 사실을 전해 들은 나는 그때만 해도 총각 시절이어서 불끈 화가 치솟았다. 이런 무식한 남자가 다 있나 하는 생각에 단숨에 달려갔다. 젊은 부인이 나를 붙들고 사정하는 바람에 참기는 했지만 참으로 울화통이 터지면서 이해가 되지 않았다. 지금 생각하면 남편은 사랑에 빠져 병이 난 중환자였다. 남보다 조금 유별나게 깊이 사랑에 빠져 헤어나지 못해서 특별나게 보이기는 했지만, 사랑에 빠지면 이성을 잃고 눈에 보이는 게 없어진다. 무서울 게 없고 무작정 모든 게 좋게만 보인다.

하지만 그것도 사람 나름이다. 이성이 살아있는 사람은 아무리 사랑에 빠졌을망정 어느 정도 사리를 분별하면서 미쳐 들어간다. 그러나 자제력이 약한 사람은 참지 못하고 느끼는 대로 행동에 나서기 때문에 미친 행동이 그대로 나타난다. 세상에는 자제력이 약한 사람이 생각보다 많다. 화가 나서 앞차를 들이받는 사람이라든가 화를 못 참고 소리를 지르는 사람, 사람을 칼로 찌르고도 분을 못 참아 여러 번 반복해서 찌르는 경우도 있다. 물불을 가리지 못하는 사람을 보고 화끈해서 좋다는 사람도 있고, 마인드 컨트롤이 부족하다고 싫어하는 사람도 있다. 아무튼, 사랑에 빠지면 물불을 가리지 못하는 사람이나 마인드 컨트롤을 잘한다고 생각하는 사람이나 모

작지만 확실한 사랑

두 미쳐 들어간다는 것은 분명한 사실이다.

사랑에 빠지는 기간이 우리는 3년이라고 하지만 미국에서는 2년이라고 한다. 2년이든 3년이든 그 기간 사이에 아기가 생겨야 한다. 당연히 아이가 생기기도 하지만.

사랑에 빠졌다가 깨어날 때까지 아이가 안 생기면 그 때부터 서서히 미움이 드러나 보이기 시작한다. 부부 싸움은 늘 사소한 게 발단이다. 왜 신발 뒤꿈치를 접어 신느냐, 왜 남의 말을 다 듣지도 않고 자르느냐, 내 입에는 맞는데 왜 짜다고 하느냐 뭐 이런 것들을 가지고 시작된 싸움은 너의 부모를 보고 이미 알아봤다는 식으로 번지면 이건 걷잡을 수 없이 커지고 만다.

이러한 일을 막기 위해서는 안전장치가 필요한데 그 안전장치가 바로 아기인 것이다. 사랑에 빠져 있는 기간에 아기를 낳게 되면 사랑의 마취에서 깨어나도 싸움이 없느냐? 그렇지는 않다. 그래도 사랑에서 깨어난 부부는 싸우기 마련이다. 아기가 있는 부부나 없는 부부나 일단 사랑에서 깨어나면서 싸움은 벌어지기 마련이다.

그러나 아기가 있는 부부는 안전장치가 극한 상황을 막

아준다. 아기 때문이라는 핑계를 내세울지는 몰라도 일단 한발 물러설 명분인지 책임감인지가 있기 때문이다.

사랑의 표현은 여러 가지 방법이 있는데 첫 번째가 언어다. 속삭이듯 조용히 말로 사랑을 표현하는 것이 보통이기는 하지만 사람에 따라 다르게 표현하는 수도 있다. 무뚝뚝한 사람은 조용히 속삭이듯 사랑한다고 말하지 못할 것이다. 외국인들은 이런 무뚝뚝한 사랑 표현을 못 알아듣겠지만 이것이 우리 문화의 일부분이어서 우리는 안다. 구태여 말로 알랑대듯 말할 필요는 없다. 다만 사랑의 뜻이 전해지느냐 아니냐가 중요하다.

더군다나 우리나라 사람 중에서 많은 사람이 목소리가 커서 조용한 대화에 익숙하지 못한 경우가 있다. 목소리가 싸우는 것처럼 크다고 해서 사랑이 안 들어 있는 것은 아니다. 사랑을 말로 표현하는 것이 첫 번째라는 것은 맞지만, 그보다는 상대의 마음을 읽을 줄 알아야 한다.

선물을 매너 없이 사랑하는 여자에게 툭 던져놓고 갔다고 해서 그가 사랑을 개떡같이 생각하는 것은 아니다. 그의 표현 방법이 그렇다는 것이다. 이것은 선물을 받는 사람이 던져놓고 가는 사람의 마음을 읽을 줄 알아야 한다.

작지만 확실한 사랑

사랑의 표현을 말로만 하는 것은 아니다. 동서양이 문화의 차이로 표현 방법이 다를 수 있고 나라마다 관습과 전통이 달라 표현 자체도 다르게 하는 수가 있다. 미국인은 직설적으로 사랑하면 사랑한다는 말을 해야 하는 것으로 되어 있다. 사랑하면서도 사랑한다는 말을 하지 않는다면 상대방은 당신의 마음을 알아차리지 못한다. 여기서 미국인들이 입에 달고 사는 사랑한다는 말은 진정한 사랑의 표현일까? 그중에 7할은 습관적으로 하는 말이다.

중요한 것은 진짜든 가짜든 여자는 사랑한다는 말을 듣길 원한다. 듣고 나면 기분이 좋다. 돈 안 들이고 기분 좋게 하는 여러 가지 무기 중에서 사랑한다는 말이 으뜸이다.

그러나 한국에서는 까놓고 사랑한다는 말을 하기 보다는 은근히 사랑을 느끼게 해야 하는 것이 더 효과적일 때가 있다. 사랑한다는 말을 서양인처럼 헤프게 하면 오히려 의심을 받는 수도 있다. 또는 말로만 사랑하는 거 아닌가 하고 오해를 살 수도 있다.

요즈음은 젊은이들 사이에서는 서양물이 들어서 대놓고 사랑한다는 말을 거침없이 하기도 하지만 이것은 어디까지나 우리의 문화가 아니어서 어색한 면이 있다. 마치 우리의 검은 머리를 노란색으로 염색한 것과 같이 말도 염색한 말에 불과하다. 한국인은 누구라도 노랑머리 다음에는 검은 머리가 나온다는 것을 알고 있는 것처럼.

사랑에 빠졌다는 것이 나쁜 현상만은 아니다. 다만 준비가 요구될 뿐이다. 해가 쨍하고 났을 때 태풍을 대비해야 하고, 장마철에 해가 나면 해야 할 일을 준비해야 하듯이 사랑 다음을 준비해야 한다. 사랑에 빠졌다는 것이 영원히 지속되는 것이 아니기 때문이다.

작지만 확실한 사랑

진정한 사랑은 무엇인가?

진정한 사랑은 행복하고 열정적이며 만족스러운 관계에 있는 배우자 또는 연인 사이의 강하고도 지속적인 애정이다. 진정한 사랑이 어떤 것인지 예를 들면, 결혼 생활 40년 차 부부가 여전히 열정적으로 서로를 깊이 돌보며 부부간의 감정을 공유하는 관계를 말한다. 사랑은 매혹적이고 복잡하다. 사랑은 우리가 설명하기 어려운 신비에 싸여 있다.

시인이나 작곡가가 사랑을 글과 감정으로 표현할 수는 있지만, 설명하기에는 너무 어렵다. 사랑을 설명하려면 과학의 도움이 필요하다. 심리학자들은 사람들이 어떻

게, 왜 사랑에 빠지는지에 대해 많은 이야기를 한다. 사
랑하는 동안 남녀 모두 새로운 경험과 많은 변화가 일어
난다. 사랑을 경험하는 것이 마치 구름 위를 걷는 것 같
아서 '사랑에 빠진다'라는 표현을 쓴다.

사랑에 빠지는 초기 단계에서는 사랑의 대상을 만나면
활력을 느끼고 심장이 쿵쾅거리는 것을 본인 스스로 알
아차린다. 뇌에서 옥시토신 및 도파민과 같은 특정 화학
물질이 생성되면서 사랑에 빠져들게 만드는 역할뿐만 아
니라 사람을 흥분시키고 꼭 붙들고 싶은 마음이 들게 하
는 것으로 밝혀졌다.

일단 사랑에 빠져들면 숨어있던 에너지가 솟아나고, 정
신을 집중시키게 되고, 때로는 손에 땀을 쥐게도 하고,
가벼운 골머리를 앓을 수도 있고, 심장 박동이 높아진다.
그리고 생각과 감정이 긍정적으로 변한다. 인간의 뇌는
사랑에 빠지는 것을 돕는다는 말도 있다. 파트너에게 호
감이 생기면서 끌리기 시작하면 일종의 사랑 행복감에
빠져들게 된다.

사랑에 빠져든 사람은 사랑의 렌즈를 통해 세상을 보
기 때문에 모든 것이 아름답게 보이고 파트너가 하는 모

작지만 확실한 사랑

든 것이 즐겁기만 해 보인다.

심리학자 로버트 스턴버그가 개발한 사랑의 삼각형 이론에 따르면 사랑의 세 가지 구성 요소는 친밀감, 열정 및 헌신이다. 친밀감은 애착, 친밀감, 유대감의 감정을 포함하고, 열정은 성적인 매력과 성적인 매력과 연결된 드라이브를 포함한다. 헌신은 단기적으로는 같이 살기로 하는 것이고 장기적으로는 성과와 계획을 공동으로 함을 포함한다.

사랑은 서로 의존하고, 애정으로 감싸면서 심리적 욕구가 충족되고 있다고 느낄 때 진화한다. 옥시토신이 뇌에서 방출되면서 사랑의 진화를 돕는 데 한몫하는 것으로 알려졌다. 사랑이 자연스럽게 일어날 수도 있지만, 꼭 그런 것만도 아니다. 때로는 시간과 에너지를 투입하고 관계와 열정을 유지하기 위해 의식적인 노력을 해야 한다. 건강한 관계를 유지하려면 정기적인 의사소통이 필요하다. 매일 파트너와의 기본적인 의사소통은 매우 중요하다. 인간의 마음은 언제든지 변할 수 있기에 커플은 왜 이 사람과 사랑에 빠졌는지 스스로 상기하면서 상대에게도 상기시켜주는 노력을 게을리해서는 안 된다.

진정한 사랑인지 알아보는 방법

남녀 사이에 사랑이 싹트면 징조가 나타나는데 이것이 진짜 사랑인지 아닌지 분명히 알아야 한다. 진정한 사랑은 존중, 존경, 보살핌, 그리고 그에게 상처, 굴욕 또는 어떤 형태의 학대도 가하지 않는 관계를 말한다.

때때로 사람들은 사랑에 빠졌다고 생각하지만, 단지 열광, 일방적인 느낌, 또는 단지 가까운 우정일 수 있다. 이러한 낭만적이지만 불확실한 감정에 충동적으로 나섰다가는 실망과 시련으로 고통을 겪을 것이다.

진정한 사랑의 징후는 어떻게 나타나나?

작지만 확실한 사랑

♥ 사랑은 주고, 받는 것이다. 하지만 사랑을 줄 때는 그로부터 무언가를 기대하지 않고 무조건 사랑해 주고 싶다.

♥ 사랑은 순수한 행복이다. 나는 고달프고 힘든 하루를 보냈지만, 그가 즐겁고 행복해하는 모습을 보게 되면 나도 행복하다.

♥ 고통과 분노. 그가 내게 화를 낸다면 속상하고 가슴 아픈 일이다. 하지만 결코 그것이 진심이 아니라는 것을 안다. 곧 풀리기 때문에.

♥ 나도 모르게 행복이나 평안을 위해서 자신을 희생하고 노력한다.

♥ 화살표의 방향이 늘 그를 위한 방향을 지적하고 있다. 자신도 그렇게 노력한다. 관계 발전이 결과로 나타난다.

♥ 그가 속상해하는 일은 하고 싶지 않다. 이것은 마음에서 우러나오는 것이지 머리로 생각해 내는 것이 아니다.

♥ 사랑은 약속을 지키는 것이다. 그는 내가 약속을 어겼다는 것을 모르는 곳에 있을지라도 나는 그를 위

해 약속을 지키고 싶다. 그를 속이고 싶지 않다.

♥ 그를 진정으로 사랑하게 되면 그의 삶이 나의 삶이고 그의 미래가 나의 미래라고 생각한다.

♥ 진정한 사랑은 고민을 공유한다. 그가 고민에 빠져있을 때 기꺼이 도와야 한다는 생각이 든다.

♥ 사랑하는 그가 어떤 일을 성공적으로 이루었을 때 나도 당연히 자부심을 느끼고, 그가 누군가에게 자비를 베풀 때 질투심이 일어나지 않는다.

♥ 그를 행복하게 하기 위한 거라면 나는 고통을 감수한다.

♥ 사랑하는 그의 입장을 헤아린다. 설혹 그것이 나를 위한 결정이라도 그는 어떻게 생각할까를 염두에 두게 된다.

작지만 확실한 사랑

08

욕정 없이도 사랑이 싹트나?

생물학적으로 설명할 필요 없이 이성 간의 사랑은 욕정이 중간에 끼어있음으로 물불을 가리지 않고 강렬해진다. 자식을 사랑하거나 형제, 친구를 사랑하는 것과는 달리 이성 간의 사랑은 욕정이 매개체 역할을 단단히 한다.

어제까지 여자 친구였는데 어느 날 이성으로 보이기 시작한다면 욕정이 발동했다고 볼 수 있다. 이성을 만나더라도 욕정이 일어나지 않는다면 친구로 지속해도 가능하다 하겠다.

남들은 어떤지 모르겠지만, 나의 경우 아무 여자나 보

면 다 욕정이 발동하지는 않는다. 여자도 마찬가지겠지만 자기가 선호하는 대상이 있기 마련이다. 어떤 사람들은 플라토닉 사랑이니 뭐니 하기도 하지만 나는 그런 건 경험해 보지 못했다.

근자에 와서 약이 발달하여 늙어도 젊은이처럼 아무 때나 발동시킬 수 있다고 하지만, 그것은 성욕을 발동시켰다는 것이지 욕정이 일어났다는 것은 아니다. 성욕은 성적 행위에 대한 욕망이어서 행위가 끝나면 욕망도 식어 버린다. 욕정은 이성 간에 일어나는 갈망과 소유욕이 동시에 발동하면서 놓치고 싶지 않은 욕망이 솟구치는 현상이다. 언뜻 듣기에 그게 그거인 것처럼 들리지만 자세히 보면 다르다는 것을 알 수 있다.

성욕(性: 성품 성, 慾: 욕심 욕)은 사람이 나면서부터 지닌 성품으로 본능을 의미한다. 남녀의 육체적 관계, 또는 그에 관련된 일이지만 사랑 없이도 가능하다.

욕정(慾: 욕심 욕, 情: 본성 정)은 느끼어 일어나는 마음의 작용으로 사랑이나 친근감을 느끼는 마음이다.

여기서 정(情)자는 정성을 다해 아끼고 사랑하다 또는 애정을 기울인다는 뜻이다. 사랑 없이는 불가능하다는

작지만 확실한 사랑

의미가 되겠다.

사랑도 사랑 나름이겠으나 욕정이 담긴 사랑이어야 진
정한 사랑이라 할 수 있다.

성욕과 욕정은 평행선을 이룬다. 평상시에는 평행선을
그리다가 잠시나마 욕정은 그대로인데 성욕이 치솟았다
가 누그러들기도 한다. 20대 때에 정점을 이루고 그 후
서서히 줄어든다. 성욕은 성기능강화제가 등장하면서 순
간순간 개선될 수 있다. 그러나 욕정은 그렇지 않다.

남성에게만 성기능강화제가 있는 게 아니라 여성에게
도 있다. "이 신약은 바이리시(Vyleesi) 혹은 브레멜라노타
이드(bremelanotide)로 성욕 감퇴로 고민인 폐경 전 여성
들을 위한 약"이다. 약품 개발사인 AMAG 파머수티컬스
는 예상되는 성행위 45분 전에 투약할 것을 권한다. 이
신약은 필요에 따라 자가 투여할 수 있는 주사제 형태로
돼 있다. 이것은 알 수 없는 이유로 성욕이 저하되어 고
민인 여성에게 남성이 비아그라를 복용하는 것처럼 여성
성욕을 돋우어 주는 약이다.

미국 식품의약청(FDA)은 이 약이 여성의 후천적 성욕

저하장애(HSDD) 치료 목적으로 만들어졌다고 설명했다. 성욕 저하가 스트레스를 포함한 다양한 심리적, 생리적 요인과 외부의 변수가 결합해 나타나는 것이지만 이 약이 신경계 흥분을 증진하고 억제력을 줄임으로써 성적 반응에 관여하는 주요 뇌 수용체를 활성화하는 합성 호르몬이라고 설명한다.

성욕증진 강화제의 발달로 성욕 문제는 어느 정도 해결되었지만, 욕정이 발동하게 만드는 약은 개발되지 못할 것 같다. 욕정은 노화와 함께 서서히 침투해 오기 때문에 노화를 막기 전에는 욕정도 같이 노화되기 때문이다. 욕정 없이는 사랑이 이루어질 수 없다는 이야기가 되겠다.

작지만 확실한 사랑

|

열정(Passion)에 대하여

젊은 청년이 이웃에 사는 처녀에게 반해서 매일 연애편지를 보냈다. 한 가지 특이한 점은 편지지의 귀퉁이를 불로 태웠다는 점이다. 처녀는 매일 받는 편지도 지겨웠지만 왜 태우다가 만 편지를 보내는지 이해할 수 없었다. 하도 궁금해서 매번 불에 태워 버리려다가 만 편지의 사유를 물었다.

청년의 대답은 달랐다. 내 속이 그만큼 타들어 간다는 것을 보여주기 위해서라고 했단다. 처녀는 이야기를 듣고 청년의 열정과 사랑에 감복하여 결혼하게 되었다.

열정은 사람에게 감동을 주고 사람을 변화시킨다. 갓 난아기의 언어는 하나뿐이다. 우는 것밖에는 할 수 있는 게 없다. 배가 고파 먹을 것을 달라고 할 때, 아기는 운다. 웬만큼 울어도 엄마가 나타나지 않으면 점점 더 크게 운다. 열정적으로 크게 운다. 결국, 설득당한 엄마는 아기에게 젖을 물린다. 어미 제비가 먹이를 물고 나타나면 둥지 속의 아기 제비들은 입을 크게 벌리고 아우성이다. 각자 자기 입에 넣으라고 어미를 설득한다. 누가 더 열정적으로 입을 크게 벌리고 큰소리로 외치는지 그 제비의 입에 넣어준다. 열정은 사람도, 동물도 감동시키고 설득시킨다.

인생은 둥근 시계와 같은 차트로 되어 있고 4등분으로 나뉘어 있다고 생각한다. 1/4은 행복, 1/4은 고생, 1/4은 시련, 1/4은 열정으로 나뉘어 있다. 행복이 50%를 차지하면 나머지가 그만큼 줄어든다. 고생이 50% 차지하면 행복은 20%, 시련 20%, 열정 10%로 줄어들 것이다. 여기서 열정이 실력 발휘를 해야만 한다.

행복과 시련과 고생은 내가 어떻게 할 수 있는 것이 못 된다. 그러나 열정은 내가 스스로 컨트롤할 수 있다. 열정을 20%로 늘리면 고생이 40%로 줄어든다. 열정을 30%로 늘리면 고생은 30%로 줄어든다. 열정을 50%로 늘리면 고생이 10%로 줄어든다는 사실이다. 얼마만큼의 열정을 가지고 노력하느냐에 따라서 인생 시계 차트는 달라진다. 내가 할 수 있는 건 오로지 열정 하나밖에 없다.

훗날 심판받을 때도 "얼마나 열정적으로 살았느냐" 한 가지만 묻는다고 했다. 열심히 사는 것과 열정적으로 사는 것은 다르다. 누구나 다 열심히 산다. 그러나 열정적으로 사는 사람은 몇 안 된다.

새벽 3시에 일어나 산사의 종을 울려 어둠을 깨우는 것도, 깨달음을 얻으려고 동안거에 들어가는 것도 다 열정을 시험해 보는 것이리라.

열아홉 송이의 장미

대학에 입학한 딸이 샌디에고로 떠날 때 신용카드 한 장을 주면서 "돈 써야 할 일이 생기거든 카드로 써라" 일러주었다. 집으로 돌아오는 청구서를 보면 자질구레한 명목들이 적혀 있었다.

그해 5월 어머니날이었다. 딸에게서 커다란 상자가 택배로 배달됐다. 상자를 집어 들어보니 가뿐하다. 무엇이 들었기에 이리 가벼운가 하면서 열어보았다. 박스를 여는 순간 조금은 깜짝 놀랐다. 생화 장미가 박스에 테이프로 묶여 있는 것이다. 그때까지 생화가 집으로 배달되어보기는 처음이다. 상자에는 붉은 장미 열아홉 송이가 잘 포장된 비닐 팩에 담겨 흔들리지 못하게 박스에 테이프로 단단히 묶여 있었다. 손바닥보다 작은 카드에 "Happy Mother's Day"라고 쓰인 딸의 글씨가 보인다. 나는 아내가 배달된 장미 다발을 보고 행복해할 줄 알았다. 그러나 아내는 비싼 꽃을 카드로 긁고 택배로 보내면 그 돈은 내가 물어야 하는 것 아니냐면서 달가워하는 것 같지 않았다.

그러나 나는 안다. 속으로는 행복해한다는 것을…….

한동안 붉은 장미는 시들지 않고 탁자 위에서 우리의 시선을 사로잡았다. 장미를 볼 때마다 딸의 사랑하는 마음을 읽는 것 같았다. 나중에서야 물어보았다. 왜 하필이면 열아홉 송이였느냐고. 딸은 웃으면서 말했다.

"19년 동안 잘 키워 주었으니까……."

chapter

3

강아지

강아지는 좋았던 일만 기억하나 보다
야단맞고도 금세 잊어버리고
나만 보면 꼬리를 흔드는 게
좋았던 일만 생각나나 보다

눈 내리는 날 사랑 고백

일기 예보에 내일 아침에 눈이 올 거라고 했다. 아침에 일어나면 눈이 하얗게 쌓여 있을 거라고 생각했다. 눈을 뜨자마자 창밖을 내다보았다. 눈은 없었다. 그렇지만 하늘이 희뿌연 게 눈이 올 것 같았다. 아침 준비를 하다가 밖을 내다보았다. 정말 눈이 내리고 있었다. 그사이에 많이 온 것은 아니지만 눈 내리는 모습이 보기에 좋았다. 눈이 내리는데 어릴 적 동무들 생각은 어쩐 일이며 마음이 포근해지는 건 왜일까?

아침을 먹고 눈이 그쳤나 하고 내다봤다. 나는 그만 깜짝 놀라고 말았다. 눈이 펑펑 쏟아지는 걸 넘어서 마구

작지만 확실한 사랑

퍼붓고 있었다. 앞이 안 보였다. 백 미터도 안 보이는 것 같았다. 눈발이 너무 촘촘히 내리는 바람에 허공이 하얗게 보였다. 14층 높이에서 내다보이는 공중에는 공기보다 눈이 더 많았다. 숨을 쉬면 공기 대신 눈이 코로 들어올 것 같았다. 소리 없이 내리는 눈은 고요함을 자아내 동화 속 같은 분위기를 연상시킨다.

순수한 마음으로 누구라도 사랑해 주고 싶은 충동이 일어나 메마른 영혼이 구원받는 느낌이다. 살 만큼 다 산 사람도 눈 날리는 걸 보면서 연인 생각이 나는데 젊은이들은 말해 무엇하랴. 눈을 맞으며 한없이 걷고 싶은 심정이다. 만일 연인이 있다면 사랑을 고백하기에 눈 오는 날보다 더 좋은 기회는 없을 것이다. 어떤 말을 해도 기쁘게 받아들일 만큼 들뜨게 만드는 게 눈 오는 날이다. 사랑하면서 무엇보다 어려운 게 고백인데 눈 오는 날은 반은 먹고 들어가는 거다.

사랑 고백이라고 하는 건 했다가 받아들여지지 않으면 어떻게 하나 하는 걱정 때문에 머뭇거리기 마련인데 눈 오는 날은 설혹 받아들여지지 않더라도 눈 때문에 기분이 좋아서 한 소리겠거니 하고 넘어갈 수도 있다.

사람이 기분 좋으면 무슨 말인들 못 하랴. 그렇다고 만난 지 얼마 되지도 않은 사람에게 얼토당토않은 사랑 고백을 했다가는 아무리 눈 오는 날이라도 따귀나 맞고 말리라. 적어도 두 사람 간에 말이 통한다고 느껴질 즈음은 돼야 하는데 그것도 고백하기에는 이르다는 생각이 든다. 고백하려면 "사랑한다"라고 말했을 때 상대가 "나도 사랑해" 하고 나와야지 "나도 좋아", "넌 정말 멋져" 이런 정도의 답을 듣는다면 이건 "NO"나 마찬가지다.

그렇다고 "사랑한다"라고 말하지 않고 에둘러서 "너 나 사랑해?" 하고 묻는 바보 같은 짓은 하지 말아야 한다. 네가 날 사랑하면 나도 널 사랑하겠다는 식의 대화는 금물이다. 사랑하면 하고 말면 마는 것이지…….

펄펄 내리는 눈발을 보면서 기분이 좋아 사랑이란 무엇일까 생각해본다.

사랑은 시련이 많을수록 깊어지는 것.

사랑은 같이 놀러 가고 싶은 것.

사랑은 물과 같아서 누구를 만나느냐에 따라 다르게 변해가는 것.

작지만 확실한 사랑

사랑은 하는 게 아니라 빠지는 것.

사랑은 바다 같아서 폭풍이 일면 뒤집어 놓기도 하고 잔잔하면 속이 다 들여다보이는 것.

사랑은 애틋하게 그리워하고 좋아하는 마음

사랑은 쉽게 잊을 수 없는 마음

사랑은 참는 것. 힘들어도 참는 것.

사랑은 전쟁이다.

사랑은 마음의 문을 열어주는 것.

사랑은 누구에게도 줄 수 없는 내 것.

사랑은 누가 만들어 주는 것이 아니라 내가 만들어 내는 것.

사랑은 새로운 것을 창조하는 것.

사랑은 언제나 대답해 주는 것.

사랑은 누가 시켜서가 아니라 스스로 행동하는 것.

사랑은 누가 선택해 주는 것이 아니라 내가 선택하는 것.

사랑은 눈을 멀게 하는 것.

사랑은 마술에 홀린 것처럼 황홀한 것.

사랑은 기다리는 것. 어떤 때는 일생 동안 기다리는 것.

사랑은 아프고, 괴로우면서 좋은 것.

사랑은 기운이다. 맑고 개운한 때도 있고 찌뿌드드한 때도 있는 것.

사랑은 메시지다.

사랑은 결국 아름다운 것.

사랑의 또 다른 우리말은 '다솜'이란다. 애틋한 사랑의 옛말로 '다솜'이다.

눈이 내리는데 왜 사랑 타령이 나오는 걸까? 사랑이라는 게 하고 싶다고 마음대로 하는 것도, 받고 싶다고 해서 받는 것도 아니다. 사랑하겠다고 해서 사랑이 생기는 것도 아니고 사랑하지 말아야지 한다고 사랑이 멈추는 것도 아니다. 자연스럽게 생성되는 것이고 자연스럽게 시들해지는 것이다. 보는 순간 사랑이 생성될 수도 있고 오래 두고 보았더니 사랑이 일어날 수도 있다. 그러나 한 가지 분명한 것은 만남으로써 이루어진다는 사실이다. 아무리 예쁜 여자라도 만나지 않으면 사랑은 싹틀 기회가 없다.

사람은 누구나 스스로 판단하는 능력과 기능이 있고,

작지만 확실한 사랑

판단하는 능력과 기능은 살아온 환경과 지식, 가치관 이런 모든 것들이 합쳐져 판단의 기준이 된다. 만남이 자신의 자아를 움직여 자신에게 맞는지 어떤지를 판단하게 되고 맞는 사람을 골라 사랑하게 된다.

사랑해도 될 사람인지 아닌지 판단하게 된다.

유명인들이 말하는 사랑

"나는 평생 화려한 보석들에 둘러싸여 살아왔어요. 하지만 내가 정말 필요로 했던 건 그런 게 아니었어요. 누군가의 진실한 마음과 사랑……. 그것뿐이었어요."

-엘리자베스 테일러

"어릴 땐 지나가는 사람들이 모두 날 바라봐 주었으면 했어요. 하지만 지금은 오직 한 사람만 날 바라봐 주었으면 해요. 그것이 사랑이라고 믿어요."

-메릴린 먼로

작지만 확실한 사랑

"한 번도 사랑다운 사랑을 해 보지 못한 사람은 모를 거예요. 내가 불륜을 저지르는 게 아니라, 사랑을 하고 있다는 것을……."

-잉그리드 버그만

"사랑은 내가 선택할 수 있는 것이 아닙니다. 그저 내게 다가오는 것입니다. 여년을 살면서 내가 깨달은 단 한 가지 사실이 바로 이것입니다."

-캐서린 햅번

"우린 너무 어렸고 너무 성급했으며, 너무 사랑했어요. 그 사랑의 기억으로 난 평생을 행복할 수 있었어요."

-올리비아 핫세

"심한 고통과 분노의 시간이 있었지만 내 인생의 절반을 그와 함께했습니다. 그는 좋은 사람입니다. 어떤 일이 있어도 이어질 깊은 끈이 우리 사이에 존재합니다. 그것은 사랑입니다."

-힐러리 로드햄 클린턴

"사랑은 마법과 같아서 어느 날 갑자기 사라져 버릴지도 몰라요. 하지만 난 지금 영원한 마법을 꿈꾸죠. 우리가 늘 오늘처럼 사랑하게 해 달라고, 밤마다 기도합니다."

-소피 마르소

"사랑은 온 우주가 단 한 사람으로 좁혀지는 기적이라고 생각해요. 내게 우주는 나의 남편, 대니 그 하나뿐이에요."

-줄리아 로버츠

"진짜 사랑은 언젠가는 상대의 마음에 가서 닿는다는 사실을 깨달았습니다. 그 사랑이 조용한 것일수록, 닿았을 때 마음의 울림은 더 크다는 것도 말입니다."

-왕조연

작지만 확실한 사랑

남자는 마음으로 늙고 여자는 얼굴로 늙고

속담에 이런 말이 있다.

"남자에게 사랑받는 가장 빠른 길은 그의 배를 채워주는 것이다(The fastest way to a man's heart is through his stomach)."

맞는 말이기도 하다. 남자더러 밥과 여자를 놓고 선택하라고 한다면 아마 배부터 채우고 그다음에⋯⋯.

이래서 나온 속담이리라.

아무튼, 아내가 한국에 나가고 없는 바람에 늙은 나로서는 끼니를 챙겨 먹는 것도 쉬운 일이 아니다. 어제저녁

투고 음식을 사다 먹었더니 배가 덜 차서 그랬는지 새벽에 일찌감치 잠에서 깨어났다. 밖이 깜깜한 게 한밤중 같다. 새벽 7시가 돼서야 여명이 보인다. 어제도 비, 오늘도 오후부터 비가 올 거라더니 태양이 나올까 말까 망설이고 있다. 해는 보이지 않고 동이 트는 산 너머에서 구름을 붉게 물들였다. 하늘이 붉게 물들었다는 것은 곧 해가 솟을 것이기에 카메라를 들고 서서 기다렸다. 기다리는 태양은 떠오르지 않고, 붉었던 하늘마저 구름이 덮어버려 흔적도 없이 사라진다. 아예 기대하지 말라는 것처럼 영영 사라져버린 태양이 허망하다.

일찌감치 새 밥을 지어 맛있게 먹었다. 혼자일망정 새 밥은 맛있기 마련이다. 아침마당을 보여주겠다는 TV의 유혹을 뿌리치고 집을 나섰다. 아침 공기가 차가워 점퍼 지퍼를 목까지 치켜 올렸다. 목장갑도 끼고 등산화 끈도 단단히 동여맸다. 어깨를 쫙 펴고 찬 공기를 마음껏 들이키며 걷는 발길이 가볍다. 맑고 신선한 공기가 폐 속 깊숙한 곳까지 씻고 나와 입에 단내를 남기고 떠난다.

일요일 아침이라 나다니는 차도 없고 조용하다 못해

괴괴하다. 공원까지 가는 동안 여자 둘이 걸어갔고, 또 여자 셋이 개를 끌고 걸어갔다. 공원을 다 돌아 나오도록 운동 나온 남자는 보지 못했다. 확실히 남자는 여자보다 게으른가 보다. 일요일이 노는 날이어서 그런지 남자들은 늦잠을 자는 모양인데, 게을러 터진 남자들을 보면서 배만 불려 주면 된다는 속담도 나올 만하다.

아침에 배달된 신문에서 이런 글을 읽었다.

"여성이 완벽한 건 아니지만 남성보다 낫다는 건 반박의 여지가 없다."

전직 미국 대통령 오바마의 말이다. 그러면서 핀란드를 예로 들었다. 유엔이 매년 150개국을 대상으로 행복 수준을 분석한 결과 핀란드는 작년에 이어 연속으로 1위를 차지했다. 비결은 '안전한 사회', '신뢰 문화', '수준 높은 교육' 그리고 '성 평등'이다.

이번에 새 총리로 당선된 산나 마린은 34세의 젊은 여성이다. 그녀가 이끄는 내각 각료 19명 중에 여성이 12명이다. 여성들은 배려와 공평에서 남자보다 탁월하다. 남자들은 하나만 알고 둘은 모르는 것도 사실이다. 세월은 남녀를 가리지 않고 공평하게 흐르지만, 결과는 다르다.

"남자는 마음으로 늙고 여자는 얼굴로 늙는다(A man grows older with his heart while a woman gets older with her face)"라는 영국 속담도 있다.

하긴 이것도 다 옛말이다. 지금 세상에 돈만 있으면 얼굴? 늙지 않는다. 마음? 영국 남자의 마음은 늙어만 가는지 모르겠으나 한국 남자는 그렇지 않다. "몸은 늙어도 마음은 이팔청춘"이라고 했다. 내가 늙어 보니 마음은 늙지 않는 게 맞다.

결국, 영국 남자와 한국 남자는 다르다는 게 증명된 셈이다.

봄바람

바람이 몹시 불어서 그렇지 날씨는 유별나게 좋다. 햇볕이 쨍한 게 따습기가 봄 날씨다. 오늘이 입춘이라서 그런 모양이다. 캘리포니아에 무슨 입춘이 있겠느냐 하겠지만 절기를 비껴 가는 땅은 없으려니. 이런 날은 걷고 싶다. 딸네 집을 걸어서 가기로 했다. 겨울에서 봄으로 넘어가는 문턱에서 나는 따스한 햇볕에 반해 넋 나간 사람처럼 걷고 있다.

아! 2월은 아름다워, 봄이 오는 소리가 들린다.

딸네 집 문을 따고 들어가 '루시'의 목에 줄을 걸었다. '루시'는 열 살 먹은 알래스카 머스키다. 루시는 나만 보면 어디로 어떻게 걸어가는지 알고 따라나선다. 앞서가겠다며 내달리면서 당기는 힘에 내가 끌려간다. 개도 봄기운을 느끼나 보다. 나도 모르게 봄기운은 벌써 오고 있었나 보다. 들녘에 풀이 새파랗게 돋아났다. 잡풀로 가득한 공터에서 야생 흰 수선화 무리를 만났다. 나는 꽃을 보아 반갑고 꽃은 나를 보고 반긴다.

수선화(Narcissus)란 희랍 신화에 나오는 Narcissus란 소년의 이름에서 유래한다.

리리오페란 여인이 예언자 테레지아스를 찾아가 세상에서 가장 아름다운 아들 나르키소스가 얼마나 오래 살 수 있는지 알려달라고 했다. 예언자는 애처로운 표정을 지으면서 아들이 자신의 얼굴 모습을 보지 않는다면 장수할 것이라고 알려주었다.

'에코(Echo, 메아리)'란 요정은 헤라의 미움을 받아 듣는 소리를 흉내는 낼 수 있어도 스스로 말을 할 수 없으리라는 저주를 받았다. 에코는 우연히 만난 나르키소스의 미모에 반해 버렸다. 하지만 나르키소스 소년의 냉랭한 거절에 버림받은 에코는 시들어 죽었고 목소리만 남게 되었다. 나르키소스 소년은 맑은 호수에 비친 자신의 모

작지만 확실한 사랑

습을 보게 되었다. 그는 수면에 비친 남자의 모습에 반했다. 키스하고 껴안으려고 할 때마다 물은 흩어지고 아름다운 소년의 모습도 함께 사라졌다. 결코, 이룰 수 없는 사랑으로 인해 그는 비탄에 싸여 죽고 만다. 나르키소스가 죽은 그 자리에는 흰 꽃, 수선화(Narcissus)가 아름답게 피어나 있었다.

　나르키소스가 얼마나 아름다운 청년이었으면 스스로 반해서 물에 빠져 죽기까지 하다니?
　방탄 소년인가?
　수선화는 슬픈 이름이구나.

　　　바람이여
　　　이미 봄바람이거늘
　　　어서 신선하렴
　　　바람이여
　　　겨울을 지나
　　　봄으로 오느라고
　　　애쓴 봄바람이여

눈에 보이는 사람은
모두 그이로 보이는 까닭은?

만약 남자 연인을 만났는데 그가 말하기를 "요새 눈에 보이는 여자들은 모두 자기같이 보여"라고 말한다면 이것은 그가 사랑에 빠졌다는 이야기다. 이런 말을 듣는 어떤 여자라도 행복할 것이다. 특별한 느낌일 것이다.

이러한 현상은 그가 사랑에 빠졌을 때 일어나는 현상이다. 만약 이런 현상이 상호 간에 일어난다면 이것은 얼마나 아름다운 일이냐. 이러한 현상을 심리적인 관점에서 보면 연인의 말이나 행동이 잠재의식을 자극해서 일어나는 현상이다. 그래서 눈에 보이는 얼굴에서 상대 연

작지만 확실한 사랑

인의 비슷한 특징을 발견하는 경향이 일어난다. 이것은 깊은 사랑에 빠졌을 때만 일어나는 현상이다.

애인이 여러 명 있다고 해서 모두에게서 일어나는 현상이 아니다. 일평생 오로지 한두 명에게서만 나타난다. 이러한 증상(신드롬)은 남성에게서 두드러지는데 그 이유는 남성은 시각적인 면을 중요하게 여기지만, 여성은 시각보다는 느낌을 더 중요하게 여기기 때문이다. 신드롬의 민감성은 깊은 관계의 연인일수록 밀도가 높아지고 이것은 때때로 조심하지 않으면 질투, 소유욕, 불안감 같은 행동으로 나타나기도 한다. 애인이 말하는 모든 것, 또는 행동에 민감하게 반응하는 경향이 있고, 만약 조심하지 않으면 불안을 촉발해 잘못 해석하거나 추측하게도 만든다. 우리는 사람들이 사랑에 빠졌을 때 미친 짓을 하는 것을 많이 보았다.

사랑에 빠진 사람들은 책에 있는 모든 규칙이나 원칙이 자기들 생각과 일치하지 않는다면 기꺼이 거부할 것이다.

다른 사람에게는 감히 베풀 수 없는 것들을 애인에게는 쉽게 허락한다. 만일 당신이 여성이라면 그러한 느낌

을 마음껏 즐겨라. 왜냐하면 그런 느낌이 찾아오는 기회
란 극히 적기 때문이다. 그런 기회를 제공하는 사람을 만
난다는 것은 일생을 살면서 한두 번 있을까 말까 하기
때문이다.

작지만 확실한 사랑

사랑이 드러나는 표정

우리는 매일 사람을 만난다. 사람을 만나면 그의 표정과 제스처, 몸가짐을 가지고 그의 의중을 읽는다. 의중을 읽어봤자 그것은 짐작에 불과하다. 도무지 알 수 없는 게 사람의 마음이다.

두 눈을 반짝이며 미소 지으면 지금 즐겁다는 표시이고 "피~"하고 웃으면 비웃는 거다. 미소 짓는 것을 보면 알 수 있듯이 눈빛을 보면 그의 속마음을 알 수 있다. 그가 나의 눈과 마주치자마자 눈길을 피한다면 나를 홀리는 중이라고 해석해도 좋을 것이다. 그에게 물어보나 마나 그의 얼굴에는 넘치도록 충분한 숨은 마음이 나타나 있다. 성별, 나이, 문화에 상관없이 사람들 얼굴에는 최소한 여섯 개의 보편적 감정이 드러나 있다고 한다. 어떤 감정을 느낄 때 사람들은 그에 따르는 메시지를 자기도 모르게 얼굴 근육으로 보낸다.

민감한 사람들은 얼굴에 잠깐 머무르는 메시지를 곧바로 탐지한다. 감정은 그냥 안에서 밖으로 나오지 않는다. 표정을 읽는다는 것은 그 사람이 드러냈는지도 모르는 감정을 들여다본다는 이야기다. 행복은 볼을 들어 올리는 근육이 말해주고, 슬픔은 입술 양쪽 끝을 내려뜨리는 근육으로, 화(부아)는 눈썹 끝을 치켜올리는 근육으로, 공포는 눈썹과 눈꺼풀을 동시에 찌푸리면서 입술을 아래로 떨어뜨리는 근육으로, 역겨움은 코를 주름지게 하는 근육으로 나타난다. 실실 웃으면서 눈을 굴리면 잔머리를 쓴다는 게 드러난다.

상대방의 감정을 읽기 너무 헷갈릴 때 우리는 숨겨둔 가장 강력한 무기, 직감을 꺼낸다. 직감으로 판단을 하지만 조금 자신은 없다. 예감도 마찬가지로 설명할 수 없는 어떤 것이 판단으로 이어지는 것이다. 표정은 읽기만 하는 것이 아니라 스스로 만들기도 한다. 상대방에게 엄격

작지만 확실한 사랑

하게 굴려면 입 딱 다물고 노려보면 된다. 그러면 상대는 자기를 노려보는 눈이 무엇을 말하는지 알아차릴 것이다.

사실 얼굴에 스치는 감정을 집어내는 건 마법이 아니라 직관이다. 어쩌면 단순한 기술일지도 모른다. 얼굴을 읽는 법은 어떻게 보면 음악을 듣는 훈련을 받은 뒤에 교향곡이 들리기 시작하는 방식과 비슷하다고 할 수 있다. 아니면 문학 서적을 읽으면서 스토리 뒤에 숨어있는 작가의 의도를 읽는 것과 비슷하다고도 할 수 있다.

새싹에게 물어봐

반바지에 검은 러닝셔츠를 입고 둥근 밀짚모자에 선글라스를 꼈다. 금년 봄 들어 처음으로 따뜻한 날이다. 하늘에 구름도 한 점 없어 온전한 태양이 마음껏 빛을 발한다. 바람이 불어오지만 훈훈한 봄기운을 담고 다가오는 게 싫지 않다. 바람은 봄기운을 몰고 와 여기저기 뿌려놓고 지나간다. 마치 초가집 굴뚝에서 나온 연기가 보리밭 두렁을 기어가듯이······.

벌쳐(Vulture) 한 마리 하늘 높이 떠서 커다란 눈을 부라린다. 봄나들이 나온 들쥐 새끼라도 걸려들까 눈여겨본다. 아무리 세상이 넓다 해도 먹잇감 찾는 벌쳐 눈을

작지만 확실한 사랑

속일 수는 없다. 들쥐 한 마리 쏜살같이 구멍으로 피신한다. 들쥐도 안다. 봄이라고 해서 함부로 나다녔다가는 목숨이 위태롭다는 것을…….

새벽안개 계곡을 따라 가라앉듯 봄도 가지런히 들녘에 내려앉는다. 들녘만 아니라 우리 집 뒷마당에도 들이닥쳤다. 따뜻한 봄기운이 무럭무럭 피어난다.

아내가 사다 놓은 오이 모종을 심었다. 검정 플라스틱 화분 하나에 다섯 포기씩 들어 있는 오이 싹을 뭉텅이로 세 곳에 나눠 심었다. 가지도 네 모종, 방울토마토도 네 싹 사다가 심었다. 방울토마토는 손주가 좋아해서 심은 거다. 상추씨도 뿌렸다. 걸음으로 닭똥이 좋다고 해서 한 포대 헐어서 흙에 섞었다. 냄새가 고약한지라 파리가 꼬여 들겠기에 걱정했다.

웬걸 파리는 없는데 간밤에 여우인지 라쿤(raccoon)인지가 들쑤셔 놓았다. 상추씨 뿌려놓은 흙을 다 뒤집어 놓았으니 싹이 나기나 할는지…….

새 생명은 어두운 밤에 몰래 흙을 뚫고 나와 날이 밝으면 보란 듯이 웃는다. 소리 없이 자란다. 어제 다르고 오늘 다르다. 경이로운 생명력이 놀라워 새싹에게 살짝 물어보았다.

— 어디서 생명의 비밀을 배웠니?

— 씨 속에 웅크리고 기다려야 해. 어떤 때는 해를 건너뛸 때도 있거든. 참고 견디면 때가 와.

— 봄이 왔다는 걸 어떻게 아느냔 말이야?

— 몸이 근질근질하거든 그러면 봄이 왔다는 증세야. 오히려 이래라저래라 공부 시켜 놓으면 봄인지 가을인지 헷갈리고 나약해진단 말이야.

새싹인 주제에 어른처럼 말한다. 아예 까놓고 물어보는 게 나을 것 같다.

— 사람들은 말이야, 자기 자식들은 닭장 같은 방에 가둬놓고 열심히 공부나 하라면서 좋아하기는 왜 오가닉(organic)만 좋아하지?

— 그건, 자식들은 내 말을 들어야 좋고, 오가닉은 내 몸에 좋아서 그래.

— 그러면 그게 다 자기를 위한 욕심이네?

— 그렇다니까, 사람들은 원래 그래. 아는 게 그것뿐이니까.

작지만 확실한 사랑

― 새싹아 너는 좋겠다 아는 게 많아서…….

― 누구든지 그냥 놔두면 다 아는 거야.

"그냥 놔두면 다 아는 거야~~~", "그냥 놔두면 다 아는 거야~~~" 하는 새싹의 소리가 온종일 메아리처 들려왔다.

과년한 자식 결혼시키려면

자식 낳아 기르면서 자식으로부터 얻는 행복은 어느 행복에 비교할 바 없이 크다. 아무리 돈을 많이 벌었어도, 학위와 명예를 얻었어도 자식이 주는 행복에 비교할 수는 없다. 가난한 집이나 부잣집이나 자식으로부터 얻는 행복감은 다를 게 없다. 행복만 선사해 주는 보물단지 자식들도 떠날 때가 되면 보내줘야 한다.

내 주변에는 과년한 싱글들이 많이 있다. 결혼하지 못했는지, 아니면 안 했는지 분명하지는 않으나 아직 싱글로 산다. 준비는 다 돼 있다고 한다. 사람만 있으면 된다

작지만 확실한 사랑

고들 한다. 세상은 남자 반, 여자 반인데 왜 사람이 없다고들 하는지 알 수 없다. 대놓고 말할 수는 없으나 눈치를 보면 대강 짐작이 간다.

과년한 싱글들은 부모와 함께 살거나 설혹 독립해서 혼자 산다고 해도 하루에 몇 번씩 부모와 통화하면서 결혼 상대를 찾고 있으니 상대가 될 사람은 한 사람도 아닌 여러 사람 눈에 들어야 한다는 곱절 어려운 입장에 서 있다. 결국, 이 사람은 이래서 안 되고, 저 사람은 저래서 안 되는 결과만 초래한다.

부모들 입에서는 한결같이 "네가 좋은 대로 해라"라고 다 맡겼다고들 한다. 그러나 알고 보면 앞으로는 그렇게 말해 놓고 보이지 않는 감시의 눈초리를 흘리고 있으니 자식들도 눈치가 있는 성인인데 모를 리가 있겠는가. 설혹 정말 "네가 좋은 대로 해라" 했어도 자식들은 부모의 기대치가 어떻다는 걸 은연중에 알고 있어서 결정이 자유롭지 못하다. 자식이 행복한 결혼에 골인하기를 진심으로 원한다면 자식에게 모든 결정권을 일임해야 한다.

부모는 아예 뒤로 물러나서 나 몰라라 해야 한다. "이

사람 어떠냐"라고 묻는다면 "난 모르겠다. 네가 알아서
해라" 하고 보지도 말아야 한다.

동물의 세계에서 다 자란 새끼를 대하는 어미가 얼마
나 잔혹한지 보았을 것이다. 이것은 새끼가 세상에 나가
스스로 행복하게 살 수 있게 하기 위한 최소한의 훈련인
것이다.

도대체 결혼이란 무엇인가?

결혼은 두 사람이 만나 서로 사랑하고, 공유하고, 서로
필요해서 결합하는 형태다. 결혼이 발전해서 가정이 되
고 가족이 생기는 것이다.

우리 부부가 알고 지내는 '에미리'라고 하는 미국인 처
녀가 있었다. 한국식으로 보면 잘 사는 집안에서 교육도
제대로 받았고, 얼굴도 예쁘장하게 생겼고 반반한 직장
도 갖고 있다. 얼마 전에 사귀던 남친과 헤어졌다며 시무
룩하게 지내더니 새 보이 프랜드가 생겼다고 했다. 자세
히 알아봤더니 이혼한 남자에다가 아이가 둘이나 딸린
홀아비다. 그렇다고 돈이 많은 것도 아니고 인물이 출중

한 것도 아닌 주제에 나이도 열 살이나 더 많다고 했다. 우리가 보기에 에미리가 아깝다.

여러 번 이렇게 저렇게 말해 줘도 무슨 소리를 하는 거냐 이해할 수가 없다는 식이다. 한술 더 떠서 이번에는 보이 프랜드의 엄마가 중풍에 걸려 있어서 돌봐 줘야 한단다. 바쁜 시간을 쪼개어 병원에 모시고 간다.

우리가 보기에 좀 답답한 것 같아서 너의 어머니는 두 사람의 관계를 뭐라고 하더냐고 물어보았다. 대답은 간단했다.

"나의 어머니는 내가 사랑하는 사람을 만났다는 현실을 매우 행복해한다."

결혼이라는 걸 심각하게 생각하면 한도 끝도 없고, 단순하게 생각하면 간단히 해결될 수도 있다. 심각하게 생각했다고 해서 문제없이 잘 사는 것도 아니고, 단순하게 생각했다고 해서 못 사는 것도 아니다. "결혼은 너 혼자 하는 거냐?", "주변 사람들 입장도 생각해야지", "부모의 체면은 어떻고, 친구들은 뭐라고 하겠니?" 이런 식으로 나오면 일은 잘 풀리지 않는다.

결혼은 두 사람이 만나서 행복하게 잘 사는 것이지 누구에게 잘 보이려고 하는 것도 아니고, 부모 체면 살려주려고 하는 것도 아니다. 주변 사람들이 살림을 보태 주는 것도 아니고 부모가 죽을 때까지 먹여 주는 것도 아니다. 모든 문제는 두 사람이 풀어나가야 하는 과제일 뿐이다.

자신의 문제는 자신만이 잘 알고 있고 어떻게 해야 험한 세상에서 살아남을 수 있는지 자신만이 터득하고 있을 뿐이다. 돈 잘 버는 남자에게는 여자들이 많이 따를 것이고, 돈 잘 버는 여자에게는 남자들이 그러할 것이다. 인물이 출중하다거나, 유머러스하다거나, 마음씨가 좋다거나, 애교가 많다거나 등 개인마다 다른 능력을 지니고 있고 상대방의 능력에 내 힘을 보태면 될 수도 있다.

아무리 부모가 낳아서 길렀다고 해도 다 큰 자식에 관해서 아는 게 있고 모르는 게 있는 거다. 어떻게 내 자식은 내가 다 안다고 할 수 있겠는가?

40살인데도 아직 결혼하지 않은 딸과 같이 사는 친구

작지만 확실한 사랑

도 있고, 같이 살지는 않아도 38살인 아들과 36살인 딸이 있는 친구도 있다. 오히려 지켜보고 있는 내가 걱정이어서 차마 물어보기도 어렵다. 출가 못 시킨 부모의 마음은 오죽하랴. 부모로서 어쩌다가 슬그머니 결혼이라는 말이라도 꺼내면 염려하지 말라고 큰소리친단다. 이야기를 듣고 보면 큰소리에 문제가 있는 게 아닌가 생각된다. 나이 먹은 자식이라고 해서 결혼하기 싫어서 안 하는 것은 아니다. 무언가 여건이 안 된다거나, 주변 사람들의 기대치에 어울리는 상대가 없다거나, 타 민족이어서 곤란하거나 등등 문제가 있을 것이다.

그렇다고 사랑하는 사람이 있는 것도 아니고, 죽자 살자 따라다니는 사람이 있는 것도 아니다. 그저 일이나 열심히 하면서 일에 빠져 산다고 입버릇처럼 말하지만 그게 어디 꼭 그런 것만은 아닐 것이다. 교포사회처럼 좁은 결혼 시장에서 누구를 왜 기다리며 청춘을 허비하는지……

단호히 말하건대 인생은 누구의 것도 아닌 나만의 것이다. 새처럼 날아라, 자유롭게 날아라, 부모나 주변 사람들의 시선 다 떨쳐버리고 자신이 날고 싶은 대로 날아라, 멀리 가 버리고 싶으면 가 버려라, 그 길만이 행복할 수 있는 길이다. 하지만 자식으로서 얼기설기 엮인 인연을 버리고 홀쩍 떠나기도 쉽지 않으리라.

'중이 제 머리 못 깎는다'고 누군가 도와줘야 하는데, 가장 가까운 부모가 나서서 자식이 안고 있는 부담감을 적극적으로 덜어 줘야 할 것이다. 고삐를 놓아주고 묶여 있는 매듭을 찾아서 풀어 줘야 할 것이다.

'우리는 자식과 충분한 대화를 나누고 있다'라고 믿고 있겠으나 과연 열린 마음으로 대화가 이루어지고 있는지 의문이다. 딸이라고 해서 엄마에게 속내를 드러낼 수 있는 것도 아니고, 엄마라고 딸의 자존심을 건드려가면서까지 대화를 나눌 수도 없다.

한국인들이 금기시하는 이혼한 사람, 흑인, 나이 차이가 많은 사람, 장애인 등등 여러 가지 악조건의 상대도 문제 삼지 않는 마음의 준비가 되어있는 열린 마음이어야 할 것이다.

본인의 결혼은 본인이 알아서 스스로 결정하게 내버려

작지만 확실한 사랑

두고 부모는 빠져야 한다. 결혼 상대로 누가 되었건 자식이 행복하다면 더 바랄 게 무엇이더냐. 꼭 사랑해야만 결혼에 골인하는 것도 아니다. 이 사람이라면 인생 사는데 별 탈 없을 것이라는 자신감이 생기면 된다. 사랑은 뒤에 따라올 수도 있다.

09
|

사랑의 선물

사랑은 연마(Practice)다. 사랑은 자기 체면이다.

우리가 먹은 음식과 순간순간 마시는 산소가 몸에서 합쳐서 에너지가 된다. 그러나 거기에 사랑이 보태지면 에너지는 두 곱으로 상승한다.

막내딸 레오나가 조카딸 주희에게 선물을 보냈다. 레오나 둘째 아기가 한 살이고 주희는 둘째 아기 산달이 다음 달이다. 사랑하면 사랑의 마음을 보여줘야 한다. 선물은 애틋하게 그리워하고 열렬히 좋아하는 마음을 담아 주는 거다. 내가 한국에 간다고 했더니 레오나가 주희에게 전해 주라며 선물을 들고 왔다. 한국 집에서 주희에게 e-mail을 보냈다. 와서 선물 가져가라고 했다. 알았다는 답신이 온 지도 한참 지났는데 가지러 오질 않는다. 조카 딸이라고 해도 고등학교 선생에 애를 기르는 처지가 돼서 늘 바쁘다는 사정을 알고 있기에 기다리기로 했다. 두 달이 지나 한국을 떠날 날이 다 돼서야 주희가 왔다.

선물처럼 기분 좋은 건 세상에 없다. 주는 사람도 기분 좋고 받는 사람도 기분 좋은 것이 선물이다. 아이에게 선물을 주면 아이는 좋아서 껑충껑충 뛰면서 선물 받는 기쁨을 나타낸다.

어른에게 선물을 드리면 "뭐 이런 것까지" 하면서 시큰둥한 표정을 짓지만, 속으로는 기뻐하는 게 아이와 같다. 주는 사람 입장에서도 선물을 주겠다고 마음먹는 순간부터 기분이 좋아지기 시작하면서 어떤 선물을 줄까 고민하게 된다. 우리는 이런 고민을 행복한 고민이라고 말한다. 선물이 결정될 때까지 상대방을 떠올리고 생각하면서 상대방의 마음과 기분을 가늠해 보게 된다.

선물이 그분에게 어울릴까? 선물을 받고 마음에 들어

할까? 이미 가지고 있는 걸 또 주는 건 아닐까?

이런 고민을 하는 것은 그분을 그만큼 생각하고 있기 때문이다. 지금은 한국도 선물이 많이 활성화되어 있지만, 그래도 미국만큼 생활의 일부분으로 자리 잡고 있지는 않다.

미국에서의 선물개념은 한국과는 조금 다르다. 미국에서 선물은 작은 것으로 자주 주고받는 개념이다. 한국에서처럼 생색내는 선물은 없다. 선물을 주되 주는 사람이나 받는 사람이 서로 부담이 없어야 한다. 선물은 받았으되 갚지 않아도 부담이 되지 않는 선물이 가장 좋은 선물이다.

아무리 세월이 흘렀어도 한국인에게 선물이라고 하는 개념은 미국과는 다르다. 시시한 선물을 주면 욕먹는 게 한국이다. 이것도 선물이라고 주느냐는 핀잔만 듣기 마련이다. 안 주면 안 줬지 주려면 괜찮은 물건을 선물로 줘야 한다. 그러나 미국에서는 다르다. 비싸지 않은 물건으로 자주 주는 편이다. 심지어 쓰던 물건도 다시 잘 닦아서 선물한다. 나는 1달러, 2달러짜리 물건을 선물로 받은

작지만 확실한 사랑

예도 많고 쓰던 물건을 선물로 받은 예도 있다. 물론 친한 사람들 사이에서 오고가는 선물이기는 해도……

막내딸 레오나가 사립 초등학교 1학년 선생을 할 때의 일이다. 가르치는 반에 한국 아이가 한 명 있었다. 크리스마스가 되면 학생들이 선생님한테 선물을 한다. 아이들이 주는 선물이라는 게 카드를 예쁘게 그려 넣는 것은 기본이고 초콜릿이나 사탕, 작은 그림책 정도다. 그런데 한국 학생 아이가 준 선물을 집에 와서 풀어보았더니 금목걸이가 들어 있었다. 깜짝 놀란 딸은 다음 날 교장 선생님에게 보고하고 반납한 일이 있다.

한국인에게는 선생님에게 주는 선물로 금목걸이 정도는 별것 아닌 것처럼 생각할지 모르지만 이것은 엄연한 뇌물에 속한다.

선물은 받아서 부담 없고, 주는 사람도 부담 없는 물건, 오로지 사랑만 있는 선물이 가장 좋은 선물이다.

사랑이 한창 물들어 갈 때

손주 녀석은 비 오는 날 버섯 자라듯 눈 깜짝할 사이에 쑥쑥 커간다. 잠깐 안 봤다고 한 뼘은 자란 것 같다. 키만 자란 게 아니다. 살도 통통하게 쪘다. 말솜씨도 부쩍 늘었다. 그동안 뭐 하느라고 뜸했느냐고 했더니 학교에서 온종일 바빴단다. 이제 막 집에 왔는데 엄마가 일하러 가기 때문에 할머니 집으로 왔단다.

아빠는 집에서 뭐하고 너도 안 봐준다더냐? 했더니 아빠는 차고에서 일한단다. 자기처럼 어린아이가 집에 있을 때는 집 안에 어른이 있어야 하는데 아빠는 차고에서 일하고 있기 때문에 빈집에 나 혼자는 있을 수 없어서 할머

작지만 확실한 사랑

니 집으로 왔단다. 철이 다 든 것 같기도 하고, 똑똑한 것 같기도 하다. 알 거는 다 알면서도 말은 안 듣는다.

　얼마 전까지만 해도 손자와 나는 TV를 서로 보겠다고 싸웠다. 나는 뉴스를 보겠다고 하고 손자는 만화를 보겠다고 리모트 컨트롤을 가지고 싸웠다. 할머니가 나서서 시간을 조정해 줘야지 그렇지 않으면 손자가 말을 안 들었다.

　오늘 나는 손자가 다 자란 모습을 보고 놀랐다. 철이 든 아이처럼 내가 밥상에 앉았더니 TV 보라고 리모트 컨트롤을 내게 준다. 그리고 저는 할머니 쪽으로 옮겨 앉는다. 참 기특하다는 생각이 들었다. 대신 TV 보는 재미를 톡톡히 알아서 프로그램을 찾아다닌다. 시간도 맞춰 가며 본다. 지금은 볼만한 프로그램이 없어서 내게 양보하는 거다. 조금 있으면 지 프로그램이 상영될 것이니 그때를 위해서 한발 양보하는 속셈이다.

　어느 면에서는 나보다 낫다.

　예전과 달리 일곱 살이 되면서 나 같은 늙은이는 상대

하려 들지 않는다. 싸우려고 하지도 않는다. 몇 마디 하
다가 재미가 없는지 저 할 일만 한다. 혼자 노는 게 더 낫
다고 생각하는 것 같다. 불과 얼마 전까지만 해도 내가
옆에 있어 줘야 마음 편히 놀던 녀석이, 이제 조금 컸다
고, 학교에 가더니 세상 물정 좀 알았다고 늙은이는 필요
없다는 식이다. 같이 놀고 싶어 하지도 않는다.

그럴 줄 알고 하나님은 새 손녀를 보내 주셨다. 두 살
짜리 손녀가 손자 자리를 대신한다. 손자가 일곱 살이 되
면서 내게서 떠나버린 자리를 손녀가 차지했다. 손녀와
의 놀이는 처음부터 다시 시작이다. 손녀는 내게 착 달
라붙어서 하나하나 내가 하자는 대로 한다. 손녀는 아직
내가 재미없는 늙은이인 줄 모른다. 한동안은 손녀가 좋
은 말벗이 될 것이다. 마치 지난날의 손자처럼.

적어도 몇 년은…….

작지만 확실한 사랑

사랑도

모처럼 이발소에 갔더니 주차장이 차 있다. 손님이 여럿 기다린다. 이발사는 손님과 잡담할 시간조차 아까워 바쁘게 돌아간다. 왜 이리 바쁜가 했더니 이발사가 3주 동안 문을 닫았기 때문이다. 자기도 한국에 다녀왔다고 자랑하고 싶어서 내게 언제 한국에서 돌아왔느냐고 묻는다. 엊그제 왔다고 했더니 자기는 지난 일요일에 왔다면서 오자마자 손님들한테서 전화가 빗발치더란다. 머리가 기니 답답해서 못 참겠다고 하면서…….

이발소 문을 닫는다고 써 붙여놓았더니 이발사가 돌아오는 날을 기다렸다가 몰려오는 거다. 기다리는 손님 지

루할까 봐 주인아주머니 한국에 다녀온 이야기로 꽃을
피운다. 남쪽이 고향인 아주머니는 여수며 순천까지 다
녀왔단다. 남편 머리 잘 깎는다는 광고성 이야기까지 한
참 늘어놓았다.

한국에서 이발소 할 때는 까다로운 사장님 손님도 여
럿 있었고, 고은 시인도 단골손님 중의 한 분이었단다.
아이 데리고 온 여인도 방학 때 한국에 다녀왔다면서 여
수에 갔었단다. 여수에서 뭐 먹고, 먹은 입맛 자랑이 한
창이다. 여수가 인기 있는 고장인 모양이다. 나도 여수에
가고 싶었다. 서울에서 여수 하나만 딱 바라보고 가기에
는 조금 멀다.

일일 관광 모집을 들춰봤다. 사량도 일일 관광이 눈에
띈다. 사량도라면 좋을 것 같다. 통영으로 해서 사량도까
지 일일 관광단에 휩쓸려 갔다가 홀로 여수로 빠지고 싶
었다. 일일 관광으로 통영에서 배 타고 사량도로 건너가
등산하고 돌아오는 코스다. 스케줄이 젊은 사람들 위주
로 짜여 있어서 일일 코스로는 너무 고단하지 싶어 그만
뒀다.

그만두길 잘했지 D데이에 비가 왔으니 따라나섰다면

작지만 확실한 사랑

고생 좀 했을 것이다. 어느 날 한가할 때 혼자서 다녀오기로 마음먹었다. 내가 사량도에 가고 싶어 하는 까닭은 박완서의 「그리움을 위하여」 소설 무대가 사량도이기 때문이다.

교장 선생님 같은 늙은 어부가 붉은 도미를 잡아들고 젊은 과수댁을 찾아 신나게 걸어가는 모습이 눈에 선하게 그려지는 사량도인지, 사랑도인지 하는 곳에 가보고 싶다. 오다가 여수에 들러 하룻밤 자고 오고 싶다.

한여름 보내고 난 동포 이발소는 고국에 다녀온 사람들의 이야기로 웃음꽃이 만발하다. 고국은 언제나 즐거움만 선사하는 아름다운 고향이려니…….

아름다운 날들

하루가,
한 해가
인생은 시작부터 마무리할 때까지
아름답지 않은 날이 없습니다

진정한 사랑

머리를 깎으러 이발소에 들어서는 노인을 보고 이발사가 인사치레로 말을 걸었다.

"잘 지내셨지요? 부인은 안녕하시고요?"

노인은 인사를 받는 둥 마는 둥 하면서 바쁘다고 머리를 빨리 깎았으면 좋겠단다.

"서두르는 것을 보니 중요한 약속이 있으신가 보죠?"

"요양원에 있는 아내와 아침 식사를 해야 해서 그래요."

"약속 시간에 늦으면 부인께서 언짢아하시나 보죠?"

"아니야, 아내는 치매로 나를 알아보지 못한 지 5년이나 됐는걸."

　　　　　　　　　작지만 확실한 사랑

이발사는 깜짝 놀랐다.

"부인이 알아보시지 못하는데도 매일 아침마다 요양원에 가신단 말입니까?"

노인은 미소를 지으면서 말했다.

"아내는 나를 알아보지 못하지만, 나는 아내를 알아본다오."

'사랑의 자물쇠'

사랑은 살아있는 생물체와 같아서 숨도 쉬고 자라면서 변해간다. 만일 오늘의 사랑이 변하지 않고 제자리에 머물러 있다면 이것은 죽은 사랑이 되고 만다. 사랑은 끝없이 변하고 발전한다. 마치 우리가 변하면서 잘 살아가는 것처럼.

남산에 올라가면 수많은 사랑의 자물쇠가 철망에 빈틈 없이 덕지덕지 매달려 있다. 사랑의 자물쇠를 걸어놓는 커플들은 변함없는 사랑을 약속하며 지금의 사랑이 자물쇠에 잠겨 떨어질 수 없는 운명이 되기를 원할 것이다.

변함없는 사랑의 징표로 자물쇠를 잠가 놓고 열쇠는 영원히 찾을 수 없는 먼 곳에 던져버린다. 자물쇠를 잠그는 그 순간의 마음가짐, 그것이 중요해서 사랑의 자물쇠 행위를 행하는 것이다. 이것은 하나의 약속일 뿐 다른 아무것도 아니다.

2000년대 유럽에서 본격적으로 시작된 사랑의 자물쇠 열풍은 이탈리아 작가 페데리코 모치아의 작품 '하늘 위 3미터'와 '너를 원해'에서 연인이 영원한 사랑을 다짐하며 자물쇠를 채우는 장면이 시초라고 한다. 오늘날은 세계 각국의 대도시 가로등, 다리, 벤치, 조각물 어디나 크고 작은 자물쇠가 매달려 있다.

뉴욕 브루클린 브리지도 그 몸살을 피해 가지 못했다. 1883년 개통한 브루클린 브릿지는 철 케이블이 양옆으로 날개를 펼쳐 아름답기 그지없다. 1층 차량 통행, 2층은 보행자용 통로로 브루클린에서 맨하탄 방향으로 40분 정도 걸어가면 맨하탄 스카이라인이 보이면서 철 와이어 가득 사랑의 자물쇠가 걸려 있는 것을 볼 수 있다.

2015년 사랑의 자물쇠 철거작업 뒤 뉴욕시 교통국 (DOT) 트위터에 노 러브락스(NOLOVELOCKS)라는 해시태그와 함께 제거한 자물쇠 사진이 게재되기도 했다. 그래도 여전히 관광객과 뉴욕 시민들은 브루클린 브릿지에 자물쇠를 매달고 열쇠를 이스트 리버에 버린다. 안전문제가 대두되면서 종종 자물쇠를 제거하여 쓰레기 매립지에 묻고 있다.

따지고 보면 사랑의 자물쇠는 사랑놀이에 불과하다고 볼 수 있다. 사랑놀이 중에 가장 재미있고 흔한 것이 약속인데 사랑하면서 약속 안 하는 사람이 어디 있겠는가? 약속은 장래의 일을 상대방과 미리 정하여 어기지 않을 것을 다짐함이다. 약속도 약속 나름이지만 사랑 약속처럼 무서운 것도 없다.

1980년에 방영한 〈사랑의 약속(The Promise of Love)〉이란 CBS TV 드라마가 있었다. 1967년 캐시 에밀리오는 고등학교 3학년 때 척 웨이크맨이라는 해병을 만나 결혼한다.

척은 베트남에서 복무하라는 명령을 받았기 때문에 그들의 신혼부부로서의 삶은 단명할 수밖에 없었다. 척은 캐시와 헤어지면서 하얀 아기곰 인형을 선물한다. 아기곰 목에는 금속 목걸이에 앙증맞은 자물쇠가 잠겨 있었다.

열쇠는 척이 가지고 떠났다. 그가 없는 동안, 캐시는 척 대신 하얀 아기곰 인형을 끌어안고 잠들곤 했다. 캐시는 해병대 가족 아파트가 몰려 있는 지역 레이크리에이션 센터에서 시간을 보내고, 이웃인 로레인 심슨과 친구가 되는데, 로레인의 남편도 베트남 전쟁터에 가 있었다.

캐시는 남편이 전사했다는 소식을 듣고 망연자실해 자리에 눕는다. 그녀의 부모님은 그녀가 감당할 수 없는 일이라는 것을 알고 전쟁미망인 지원 프로그램에 참여시킨다. 그녀의 부모님은 그녀가 그들의 집으로 돌아오기를 원하지만, 그녀는 거절한다. 가족과 친구들의 권유로 캐시는 다시 평범한 삶에 적응하려고 노력하지만 여전히 어려움을 겪고 있었다. 그녀는 죽은 남편과 함께 살던 해병대 가족아파트를 떠나달라는 명령을 받는다. 그녀는 마지못해 척과의 추억이 서린 유일한 장소를 떠난다. 척이 선물한 하얀 아기곰을 안고……

그녀는 막 문을 닫고 있던 레크리에이션 센터의 지역 수영장에 들어선다. 매니저 샘 다니엘의 눈에 띈다. 그녀의 상처에 대해서 알고 있는 샘 다니엘은 그녀가 자살하려 한다고 의심한다. 그녀가 자살하지 않겠다는 주장에도 불구하고……. 매니저 샘 다니엘은 그녀를 동정해서 수영 강사로 일하게 한다. 수영장에서 그녀는 열심히 일해서 구급대원으로 승진한다. 그녀는 곧 샘과 더 가까워진다.

어느 날 저녁, 그들은 술에 취해 키스를 한다. 이것은 그녀가 죽은 지 불과 4개월밖에 되지 않은 척을 속이고 있다고 생각하면서 죄책감을 느끼게 한다. 그녀는 심리학 병실을 찾아가는데, 심리학자는 그녀가 자신의 삶을 살아가도록 돕는다. 캐시는 샘의 곁에 있을 때만 행복하다는 반쪽의 사랑을 느낀다. 진정한 사랑이 무엇인가를 곰곰이 생각하던 캐시는 다음 날 아침, 그녀는 샘과 관계를 맺을 준비가 되어 있지 않다는 것을 깨닫는다. 그리고 그녀의 부모님 곁으로 돌아간다.

그녀는 자신의 무모한 행동에 대해 샘에게 사과하지만, 샘은 그녀를 이해할 수 없다고 말한다. 결국, 그녀는 대학에 다니기 위해 마을을 떠난다.

진정한 '사랑의 자물쇠'는 보이는 눈앞에서 이뤄지는 요식행위가 아니라 의식 속에 살아있는 생물체임을 깨닫는 게 중요하다.

03
|

섹스는 부담 없이

　요즘 미국의 젊은이들은 이전 세대보다 결혼을 늦게 하고 아이도 늦게 낳을 뿐만 아니라 결혼하기 전 서로를 알아가는 데 더 많은 시간을 보낸다. 어떤 사람들은 거의 10년 동안이나 친구나 로맨틱 파트너로 지낸 후 결혼에 골인하기도 한다.

　지금은 남자와 여자 모두 정착하기 전에 출세하고 싶어 하는 경향이 있고, 많은 사람이 학자금 빚과 높은 집 값에 대해 걱정하고 있다. 왜 결혼을 안 하느냐고 물어보면 결혼에 대한 관심이 적어서 결혼을 미루는 것이 아니라, 결혼에 대해 더 많이 준비 내지는 신경을 쓰기 때문에 결혼을 미루고 있다고 말한다.

한국의 젊은이들도 대동소이하다. 결혼하려면 많은 준비를 해야 하는데 학벌, 외모, 아파트, 자가용, 등 모든 걸 준비하고 나면 결국 나이가 들고 만다.

특별히 다른 점이 있다면 한국의 젊은이들은 십 대 이십 대 내지는 삼십 대의 성 에너지 폭발을 참고 참아야 하는 것이 미덕이라고 생각하는 경향이 있고, 미국의 젊은이들은 섹스를 그때그때 즐긴다는 점이 다르다.

성도 단련이 요구되기 때문에 오래도록 참기만 하면 결국 쇠퇴하고 만다. 성욕의 분출은 누구도 다스리기 어려운 건데 목표를 위해 참기만 한다는 것은 인생을 포기하는 것과 같다. 설혹 결혼이 늦어지더라도 서로 간의 자유와 선택을 줄 수 있는 이해와 능력을 갖춰야 한다.

작지만 확실한 사랑

04

이런저런 사랑의 걸림돌

일본에서 일어난 일이다. 일본의 사랑 문화는 한국과 유사한 점이 많다. 일본 엄마들도 한국 엄마들처럼 자식 교육에 올인한다.

사건의 발단은 16년 전으로 거슬러 올라간다. 외동딸인 노조미가 초등학교 고학년일 때부터 엄마는 딸에게 의과 대학에 가라고 했다. 노조미도 엄마를 따라 의사의 꿈을 키웠다. 하지만 고등학교 시절 성적이 기대한 것만 못해서 의학부에 진학하지 못했다. 그럼에도 엄마는 친척들에게 노조미가 의대에 합격했다고 거짓말을 했다. 그러면서 계속해서 딸에게는 의대 입시를 강요했다.

자녀가 고등학교를 졸업하면 그때부터는 제가 가야 하는 길은 스스로 알아서 가는 거다. 고등학교를 졸업한 자식에게 부모가 일일이 간섭한다는 것은 자식의 장래를 망치는 것은 물론이려니와 자신의 앞길도 험난해진다. 노조미의 엄마가 바로 자식의 행복보다는 자신의 허영인지 만족을 채우기 위해 딸에게 강요했다.

인내심에 한계를 느낀 딸은 결국 엄마를 살해하고 말았다. 오사카 고등법원은 항소심에서 노조미에게 징역 10년을 선고했다.

그런가 하면 주변에 햄릿증후군을 앓고 있는 사람들을 흔하게 볼 수 있다. 대학까지 졸업한 의젓한 청년이 스스로 결정을 내리지 못하는 것이다. 시시콜콜한 것까지 엄마에게 물어보고 결정한다. 하다못해 '무엇을 먹을까', '여행은 어디로 갈까', '어떤 휴대폰을 살까' 이런 것까지 일일이 물어보고 결정하는 사람이, 여자 친구를 사귀자면 얼마나 많은 것을 물어보아야 하겠는가?

앞서 이야기한 노조미의 엄마와 같은 사례라든가, 햄릿

작지만 확실한 사랑

중후군에 속하는 사람들은 가능하면 빨리 외부의 도움을 받아야 한다. 정신과 도움을 받아 정상인으로 돌아서기 전까지는 사랑하는 사람을 만날 수도 없고, 설혹 상대가 나타났다 하더라도 증세가 드러나기 때문에 건전한 교제를 이룰 수 없다. 누구보다도 본인이 자신의 증상을 잘 알기 때문에 가급적 빨리 고쳐나가도록 노력해야 할 것이다.

05

다 큰 자식 뒷바라지하는 당신을 위한
5가지 조언

밀레니얼 세대는 21세에서 37세까지 젊은층을 일컫는 용어다. 독립을 준비하거나 막 독립해 가정을 꾸린 젊은이들로 생산가능인구의 주축을 이룬다. 밀레니얼 세대는 강한 개인주의적 성향과 SNS 사용에 익숙한 특성으로 기존 X 세대(1970년대생)나 베이비 부머들과 확실히 구분된다.

밀레니얼 세대를 기존 세대와 차별 짓는 또 다른 두드러진 특징은 부모에 대한 경제적 의존도가 높다는 점이다. 미국 샌프란시스코에서 심리치료사로 활동하고 있는

테스 브리검(Tess Brigham)은 성공과 라이프스타일 등을 주제로 칼럼을 제공하는 'CNBC make it'에 올린 기고문에서 밀레니얼 세대의 부모들이 다 큰 자식을 뒷바라지 하느라 엄청난 스트레스를 받고 있다고 전했다.

50대 중반의 한 부부는 직장을 얻어 독립했던 28살 딸이 자기가 하고 싶었던 일은 따로 있다며 회사를 그만두고 집으로 돌아오겠다고 말해 고민이다. 딸의 엄마는 "이건 전혀 성인다운 행동이 아니다. 나는 딸의 생활비를 대주고 싶지 않다"라며 "딸이 앞으로 어떻게 여러 문제들을 스스로 해결해 나갈 수 있을지 걱정"이라고 말했다.

한 아버지는 32살 아들의 자동차 보험료와 월세, 식료품비, 휴대폰 이용대금 등을 대주고 있다. 이 아버지는 아들을 재정적으로 도와주다가 자신의 노후자금까지 까먹을까 봐 걱정이다.

부모에 대한 높은 경제적 의존도는 밀레니얼 세대 일부의 문제가 아니다. 컨트리 파이낸셜(Country Financial)이

2018년 밀레니얼 세대를 대상으로 조사한 결과 50% 이상이 부모로부터 재정적인 도움을 받고 있었다.

하지만 경제적으로 자립하지 못하는 문제가 전적으로 밀레니얼 세대의 탓만은 아니다. 밀레니얼 세대는 부모 세대만큼 경제적 혜택을 누리지 못하고 있기 때문이다.

뉴욕타임스에 따르면 1940년에 평균 소득 수준의 가정에서 출생한 사람이 부모보다 더 많은 소득을 올릴 확률은 90%에 달했다. 하지만 이 확률이 1980년에 태어난 밀레니얼 세대에 와서는 50%로 떨어졌다. 이는 이전 세대가 경제 성장기를 구가한 반면 밀레니얼 세대는 디플레이션 우려까지 제기되는 저성장 시대를 살고 있기 때문이다.

문제는 경제적으로 독립하지 못하는 밀레니얼 세대 때문에 부모 세대의 노후까지 위협받고 있다는 점이다. 뱅크레이트(Bankrate)의 조사 결과 미국 부모 50%가 자녀를 경제적으로 도와주느라 노후자금을 쓰고 있다고 답했다. 이는 부모 세대를 노후빈곤으로 이끌 뿐만 아니라 경제적으로 독립하지 못한 자식 세대까지 가난으로 끌고

작지만 확실한 사랑

가는 결과를 초래한다. 브리검은 이런 불행한 사태를 피하기 위해 부모에게 5가지를 조언했다.

1. 자식이 편한 것만 바라지 말라 = 대부분의 부모는 자식이 고생하는 것을 못 본다. 이 때문에 자녀에게 설거지나 청소, 쓰레기 버리기, 식사 준비 돕기 등의 집안일을 시키지 않고 온실 속의 화초처럼 귀하게만 키운다. 이렇게 키운 자녀가 쥐꼬리만 한 월급을 받겠다며 고생하며 일하는 모습을 보면 가슴이 찢어진다. 그러니 잘 먹고 다니라고, 편하게 차 몰고 다니라고, 필요한 데 쓰라고 돈을 준다.

이런 '과보호'는 자식을 점점 더 부모에게 의존하도록 만든다. 이 악순환의 고리를 끊으려면 자식을 편하게만 해주려는 '유약한 사랑'을 중단해야 한다. 자녀가 스스로 먹고 살 기반을 마련하도록 고생하는 것도 지켜볼 수 있는 '강인한 사랑'을 해야 한다. 예컨대 자녀가 성인이 되고도 부모와 함께 살고 있다면 생활비 명목으로 얼마라도 돈을 내도록 해야 한다.

2. 자녀를 불편하게 하는 선택이라도 당신 자신을 위한 선택을 하라 = 한국 부모들은 자식 사랑이 유별나다. 특히 부부간에 배우자를 최우선으로 생각하지 않고 자식을 최고로 치켜세우는 경향이 두드러진다. 예를 들어 남편이 좋아하는 음식엔 관심이 없으면서도 자녀가 좋아하는 음식은 냉장고에 떨어지지 않게 채워 넣는 식이다.

이는 가정의 질서를 깨는 행동이다. 가정의 중심은 부부이고 부부에게 최우선은 배우자다. 특히 자녀가 성인이 됐다면 자녀가 불편해지고 고생하게 된다 해도 부부를 위한 선택을 해야 한다. 다 큰 자식을 돌보느라고 부부의 생활을 희생하는 것은 바람직하지 않다. 다 큰 자식을 계속 싸고 도는 것이 단기적으론 사랑으로 생각되지만 장기적으론 자식을 망치는 독이 된다.

3. 답은 그만 주고 질문을 하라 = 밀레니얼 세대는 돈 문제뿐만 아니라 회사생활이나 일상의 소소한 잡일에 대해서도 부모에게 도움을 구하는 경우가 많다.

작지만 확실한 사랑

밀레니얼 세대는 부모가 자신의 문제를 해결할 답을 주기를 기대한다.

자녀가 원하는 대로 부모가 계속 답을 주면 자녀는 영원히 정신적으로 자립하지 못한다. 자녀가 문제를 스스로 해결할 수 있도록 하려면 대답을 중단하고 질문을 던져야 한다. 자녀가 "어떻게 하죠?"라고 묻는다면 답을 주지 말고 "넌 어떻게 했으면 좋겠는데?"라고 물어보라. 이렇게 질문을 던지면 자녀가 스스로 대답을 생각하면서 해법을 찾게 된다.

4. 자녀의 실패를 용납하라 = 자식이 실패하는 것을 마음 편히 볼 수 있는 부모는 없다. 하지만 자식이 실패하는 꼴을 못 보고 부모가 개입해 도와주면 자녀는 실패에서 스스로 배울 수 있는 기회를 빼앗기게 된다. 자녀의 실패를 용납하지 못하거나 부모의 생각을 자녀에게 강요하면 그 자녀는 경제적 독립과 같이 살아가는 데 중요한 도전과제들을 완수하는 방법을 익히지 못하게 된다.

자녀의 실패를 막기보다 실패하도록 내버려 둔 뒤 왜 실패했는지, 다음엔 어떻게 다르게 할 수 있는지 생각해 보도록 격려하는 것이 자녀의 미래를 진정으로 위하는 길이다.

5. 당신 탓은 그만하라 = 자녀가 사회에 성공적으로 정착하지 못하고 방황하면 많은 부모가 자신이 뒷바라지를 못해 그런 것은 아닌지 자책한다. 지금 자녀의 상황이 어떻든 자신을 탓하는 것은 아무 도움도 안 된다. 자녀를 다 키운 뒤 돌아보면 후회 아닌 것이 없지만 그때는 너무 젊어서 경험도 없고 지혜도 짧았기에 그럴 수밖에 없는 측면이 있었다.

다만 자식에게 상처 준 것이 있다면 제대로 사과하는 것이 필요하다. 이 사과는 자녀와 친밀한 관계를 회복하기 위한 것이다. 성인이 된 자녀와는 친밀한 관계를 구축하는 것이 가장 중요하다. 그 관계 속에서 성인과 성인으로 만나는 것이다. 부모가 성인으로 대우해야 자녀가 자립할 수 있다.

작지만 확실한 사랑

06

|

사랑도 사주팔자, 타고나는 거다?

외사촌 누님과 점심을 하다가 팔자에 관한 이야기가 나왔다.

팔자소관, 사주팔자, 타고난 팔자 이런 말을 많이 들어서 잠재의식 속에 숨어 있다가 은연중에 밖으로 삐져나온 거다. 팔자라는 게 정말 존재하는지 안 하는지는 관심도 없이 열심히만 살았다. 어디선가 들은 상식으로는 열심히 노력하면 팔자 같은 건 극복할 수 있다고 해서 그저 노력만 하면 되는 줄 알았다. 이제 인생 다 살고 나서 되짚어 보건대 노력만 가지고는 안 된다는 것을 알게 되었다. 되돌아보면 팔자라는 게 있기는 있는 것도 같다.

나는 살면서 팔자나 운명에 대해서 관심이 많다. 예를 들어 고등학교 동창들을 보면 대부분 같은 고향에 같은 나이에 같은 학벌에 같은 목표를 가지고 살았는데 모두 달리 살고 다른 운명을 지니고 있다. 벌써 죽은 친구가 있는가 하면 치매로 고생하는 친구도 있다.

무엇이 이들의 운명을 갈라놓는가?

변수가 하도 많아서 어떻게 될지 아무도 모르는 게 운명이고 팔자이리라. 다만 한 가지 분명한 것은 그 사람의 성격과 심성, 기질과 신체적 조건, 배운 지식과 양심, 시대 상황에 따라 결정을 달리 내리기 때문에 운명이 바뀌고 팔자가 달라지는 것이다.

6.25 전쟁이 막바지에 치닫던 때에 미아리 고개는 지금처럼 밋밋한 고개가 아니었다. 아스팔트도 아닌 흙길이었고 고개가 그런대로 길고 높아서 걸어 넘어가려면 힘들었다. 미아리 고개 언덕 왼편 끝자락에 미군 쓰레기장이 있어서 매일 미군 트럭이 쓰레기를 싣고 와서 버리고 갔다. 돈암동에 사는 아이들이 몰려와 혹시 먹을 거라도 있나 하고 들추던 생각이 난다. 얼마 전에 미아리 고개에

작지만 확실한 사랑

가 보고 깜짝 놀랐다. 고개는 아스팔트로 잘 포장되어 있는데 길 옆으로 웬 철학관인지 점집들이 그리 많은지, 이 많은 점집들이 돈벌이가 되니까 영업을 하고 있을 게 아니냐 하는 생각이 들었다.

누님과 사주팔자에 대해서 이야기를 하다가 점 보러 갔던 이야기가 나왔다.

"그게 언제냐, 휴전되기 직전인 거 같다. 너의 엄마하고 나하고 같이 점을 치러 갔잖니. 백운학이가 하도 유명하다고 해서 가 봤지. 지금 생각하면 불광동 어디인 것 같아. 줄을 길게 서서 표를 받아 들고 기다렸지. 사람이 그렇게 많았단다. 차례가 돼서 방에 들어갔는데 너의 엄마를 보고 평생 고생만 하다가 죽을 팔자라는 거야. 심평이 필 게 없다는 바람에 너의 엄마는 울고 있고, 그다음에 나를 보더니 대한민국에서 두 번째 가는 부자가 될 거라는 거야. 점치고 난 지 60년이 지난 지금 보면 그 말이 하나도 틀린 게 없구나, 그렇지 않니?

너의 엄마 고생만 하다가 호강 한번 못하고 죽었지. 내가 이만큼 부자가 될 줄 누가 알았니. 난 대한민국에서

부러울 게 없이 잘 살잖니. 얘, 그 점쟁이 용하기도 하지만, 팔자라는 거 난 믿어. 사주팔자를 잘 타고나야지 그렇지 않으면 아무리 노력해도 안 되는 거야. 되는 사람은 가만히 있어도 저절로 되고 안 되는 사람은 아무리 발버둥 쳐도 소용없어."

외사촌 누님의 말을 듣고 반은 믿고 반은 아니라는 생각이 들었다. 누님이 백운학이 말대로 대한민국에서 두 번째 가는 부자는 못 되었어도 친척 중에서 가장 부자가 되었으니 그만하면 제대로 맞췄다고 말할 수 있다. 나의 어머니도 평생 고생만 하다가 돌아가셨으니 그것도 잘 맞췄다고 할 수 있겠다.

하지만 엉뚱하게 평생 고생이나 하다가 돌아가실 팔자라는 말 때문에 어머니는 해야 할 노력을 포기하고 말았던 것은 아닐까 하는 생각이다. 그 말을 듣지 않았다면 끝까지, 아니면 악착같이 매달려 뜻을 이루지 않았겠나 하는 생각이다. 쓸데없는 점쟁이 말을 듣고 믿는 바람에 다가온 기회를 놓치는 게 아니었나 하는 생각이다.

올림픽에서 금메달이 목표가 아니라 참가에 의미가 있

작지만 확실한 사랑

듯이 인생도 성공만이 목표가 아니라 노력하는 과정에 의미가 있을 것이다.

늙었어도 사랑이 있어야 행복하다

맑은 햇살이 눈부시게 퍼지는 능선을 아침 운동 길로 선택했다. 아내와 나는 잘 만들어 놓은 아스팔트길을 마다하고 일부러 좁은 흙길로 걸었다. 길이 좁아서 일렬로 서서 걸어야 했다.

지난주에 내가 만났던 에반 할머니 이야기를 해 주었다. 내가 처음 에반 할머니를 보고 80세 정도로 생각했는데, 글쎄 94세라고 하는 바람에 놀라고 말았다. 자그마한 체구에 너무나 정정하고 또릿또릿해서 착각을 불러일으킨 건 당연했다. 할머니는 무척 행복해 보였다.

작지만 확실한 사랑

보통, 나이가 많이 들수록 짜증스러워하는 낯이거나 우울해 보이기 마련인데 에반 할머니는 달랐다. 매사에 활달하고 즐거워 보였다. 비결이 무엇인지 물어 보았다. 할머니는 낮은 목소리로 차분하게 말해 주었다.

"내가 얼마나 행복하고 운 좋은 여자인지 아세요? 나는 아직도 건강한 동갑내기 남편하고 같이 살고 있어요."

'같이 사는 게 뭐 대단한 일이라고, 그게 자랑스러워할 만한 일인가?'

나는 한국 방송에서 늘 한국 할머니들이 남편 치다꺼리하기 싫어서 그만 같이 살았으면 하는 게 소원으로 말하던데, 하다못해 졸혼이라도 해야 할 판이라고 하던데……. 삼식이 남편을 옆에 두고 사는 게 행복하다고?

삶의 중심을 어디다가 두느냐가 생각을 달리하게 만드는 것 같다. 에반 할머니는 남편과 함께 사는 가정에 그 중심이 있고, 한국 할머니는 삶의 중심을 자기 자신에게 두려는 데 있는 게 아닐까?

아무리 나이가 많더라도 동반자가 있고 없고는 천지

차이인 모양이다. 사랑을 나눌 수 있고 없고가 자신을 행복하게 해 주고, 긍정적인 삶을 살게도 해 주는 것이라고 했다.

에반 할머니가 행복해질 수밖에 없는 이유는 사랑을 나눌 사람이 곁에 있기 때문이다.

작지만 확실한 사랑

08

|

어떤 사람을 사랑해야 하나

사람은 누구나 사랑받기를 원한다. 사랑하기를 원한다. 사랑에 빠지고 싶어 한다. 사랑이라고 해서 꼭 이성간의 사랑만을 의미하는 것이 아니라 광의의 사랑 즉 아이를 사랑할 수도 있고, 취미활동, 일, 봉사활동, 심지어애완동물하고 사랑에 빠질 수도 있다.

사랑을 하게 되면 내가 사랑해 준다는 것을 인정받고 싶어지는데 아이에게 나의 사랑을 확인해 보기도 하고, 취미생활에 푹 빠지다 보면 결과가 나타나기를 바라기도 한다. 애완동물이 나를 반기는지 시험해 보기도 한다.

사람은 늘 누구를 사랑할까 고민한다. 취미생활을 찾는 것도, 일에 열심인 것도, 애완동물을 입양하는 것도 모두 고민 속에서 태어난 사랑질이다. 사랑 중에 으뜸인 남녀 간의 사랑은 정말 심각하면서도 오묘하고 애처롭기도 하다. 내가 사랑하는 사람을 사랑하는 게 좋을까 아니면 나를 좋아하는 사람을 사랑하는 게 좋을까. 이런 고민에 빠질 수도 있다. 나는 어떤 쪽을 선택해야 할지 모르겠다. 일단은 만나가면서 고민했으면 좋겠다.

최근 미국국립과학원 회보에 발표된 연구에 따르면, 데이트 파트너에 관한 한, 자신과 비슷한 사람과 데이트하려는 성향이 있는데, 설명할 수 없는 "개인의 과거와 현재 파트너 사이의 독특한 유사성"이 있다고 보고했다.

토론토 대학의 연구원들은 332명의 현재와 과거의 파트너들의 성격을 비교하기 위해 독일에서 9년간의 종단 연구 데이터를 사용했다. 연령대에 따라 다양했던 연구 참가자들은 5가지 성격 특성(합리성, 양심성, 외향성, 신경증, 경험에 대한 개방성)과 관련된 그들 자신의 성격을 평가받았다.

실제로 연구진은 현재와 과거의 파트너들이 자신을 묘

작지만 확실한 사랑

사하는 방식이 믿을 수 없을 정도로 비슷하다는 것을 발견했고, 따라서 이 연구 결과는 사람은 "유형"을 갖는 경향이 있음을 시사한다.

이 연구는 나쁜 버릇을 가지고 있는 파트너와 사귀어 온 과거를 가진 사람에게 미래 역시 암울하다는 것을 암시할 수도 있지만, 과거에 어떤 성격 특성을 가진 사람이 문제를 일으킨다는 사실을 알고 대처할 수도 있다. 경험을 살려 다시 생각할 수 있도록 도울 수도 있고, 대신 다른 사람을 찾도록 도울 수도 있다.

이 연구 결과는 우리에게 선택의 기회를 주면서 새로운 선택을 제시하기도 한다. 연구라고 해봐야 현대 사회에서 과학적으로 증명했을 뿐, 과거 우리 조상은 성리학을 통해서 이미 알고 있었던 사실이다.

두 연인 중에서 누구를 선택할 것인가를 결정하려면 사랑이란 무엇인지부터 알아야 한다. 사랑에 빠진다는 것은 마치 사랑에 취하는 것과 같다. 술에 취한 것처럼 사랑에 취하는 것이다. 사랑에 빠지면 술에 취했을 때랑 비슷한 작용이 일어나는데 이는 뇌에서 도파민이라는 신경전달물질이 분출되기 때문이다. 이 도파민이라는 물질은 심장을 두근거리게 하고, 잠도 안 자고 밤새도록 얘기를 나누고 싶고, 머릿속에 찰거머리처럼 달라붙어 떨어지지 않는 현상이 일어난다.

이렇게 설레는 마음, 두근거리는 마음이 얼마나 갈까?.

오래가지 않는다. 그 이유는 도파민이 끊이지 않고 계속해서 분출된다면 건강을 해치기 때문이다. 사람의 몸은 생존을 위해서 진화되어 왔기 때문에 건강 유지가 최우선이고 그다음에 다른 현상이 일어나기 마련이다. 도파민의 분출이 일정 기간 동안 유지하다가 안정을 가져다주는 억제성 물질인 가바(GABA)를 분비시킨다. 가바 시스템이 작동하면 두근거리는 게 멎게 되고 활성화가 일어나는 게 억제형으로 바뀌게 된다.

사랑이 길게는 2~3년, 짧게는 3~4달인 것은 도파민 분비의 기간이 그렇다는 것이다.

그러면 나이 든 사람들은 사랑이 없는가?

그렇지 않다. 도파민과 가바의 분비가 그래프를 그리면서 오르락내리락하며 살아가는 것이다. 이것을 우리는 정이라고 부른다.

작지만 확실한 사랑

결론으로 가서 어떻게 해야 성숙한 생활습관을 가진 사람을 만날 수 있을까? 나를 사랑해 주고, 가정을 사랑하고, 서로의 의견을 존중해 주는 성숙한 파트너를 만나는 방법은 무엇인가?

내가 먼저 성숙해야 한다. 파트너에게 원하는 만큼 내가 먼저 갖춰야 한다. 스스로 갖추고 성숙해진다는 게 하루아침에 되는 게 아니다. 설혹 자신은 성숙할 만큼 성숙하다고 생각하지만 파트너의 행동에 따라서 나의 성숙도가 무너질 때도 있다. 그렇다면 성숙하지 못한 사람은 포기하란 말인가? 그렇지 않다. 늘 세련된 표현을 쓰도록 노력한다. 그러다가 문제가 발생할 때마다 내가 원하는 건 이러이러한 거야 하고 말해 줘야 한다.

"내가 화가 나면 말이 많아지는데 그걸 스톱시키려 들지 말고 들어줘야 해."

이런 식으로 문제가 생길 때마다 조금씩이라도 설명해 주고 이해시켜줘야 한다. 문제와 오해를 풀 수 있는 방법은 오직 소통뿐이다.

끝으로 서로 감당할 수 있는 사람을 사랑하는 게 가장 현명한 길이다.

껍데기를 까고 나오는 용감한 사람들

아침 해가 빵끗 솟았다. 산뜻한 기분에 동네를 걸었다. 눈에 확 띄는 집이 있다. 50세 생일을 축하한다는 커다란 현수막 "Happy 50th Birthday"라는 메시지가 지나가는 사람들의 눈길을 끌고도 남았다. 동네방네 우리 집 남편인지 아내인지는 몰라도 50세가 되었다고 광고도 대형 광고를 하고 있다. 나는 축하 메시지를 보면서 참 멋지다는 생각이 들었다. 남편의 나이인지, 아내의 나이인지는 모르겠으나 아무튼 들 만큼 든 나이임에는 분명하다. 생일날 아침에 일어났더니 앞마당에 대형 광고성 축하 현수막 메시지가 등장했다면 얼마나 놀랍고 행복하겠는가?

작지만 확실한 사랑

이러한 광고성 축하 메시지는 '생일파티 준비' 비즈니스에서 맡아 해결해 준다. '생일파티 준비' 가게에 전화하면 어떻게 할 것이냐에 따라 이벤트를 만들어 준다. 이 사인은 아내가 남편을 놀래주려고 깜짝 설치해 놓았을 수도 있고 그와 반대로 남편이 아내를 즐겁게 해 주려고 깜짝 쇼를 벌였을 수도 있다. 누가 누구를 위해서였든 동네 사람들이 모두 축하해 주는 분위기이고 나 역시 축하해 주지 않을 수 없었다.

공개적으로 대놓고 까발리는 미국 문화에 찬사를 표하고 싶다.

32세의 영국 여성 빈센트는 14세 소년과 성관계를 하고도 무죄 판결을 받았다. 미국이나 영국에서는 미성년자와 성관계를 갖게 되면 미성년자의 동의 여하와 관계없이 중범에 처한다.

한 예로 2021년 1월 1일 자 신문에 11세 소년과 성관계를 맺다 미성년 성폭행 혐의로 기소됐던 한인 여성 수현 딜런(44) 씨에게 10년의 실형이 선고됐다는 기사를 보자.

수현은 1급 아동 성폭행 혐의에 대해 유죄를 시인한

바 있다. 검찰에 따르면 수현은 남편이 코치로 있는 리크로스팀에서 선수를 관리하는 일을 맡으면서 피해 소년과 친하게 지냈고 이 소년이 10살 때 먼저 접근해 키스를 했고 결국 성관계로 이어졌던 것이다.

하지만 빈센트(32세) 여성은 14세 소년과 성관계를 가졌음에도 불구하고 무죄가 선고되었다. 빈센트는 집 근처에서 축구 하며 놀고 있던 14세 소년을 집으로 데려가 성관계를 가졌다가 재판에 넘겨졌다. 빈센트는 법정에서 성관계를 맺기 전, 그가 14살이라는 사실을 밝히지 않았고, 자신도 그가 미성년자라고는 생각할 수 없을 정도로 성숙했음을 강조했다. 뿐만 아니라 소년은 13살 때 페이스북에 가입해서 게임을 하려고 나이를 17세로 거짓 입력하고 그동안 까맣게 잊어버리고 있었다.

그로 인하여 성관계 당시 거짓으로라도 18세가 되었던 것이다. 배심원이 남자 8명, 여자 4명으로 구성되었는데 배심원단은 무죄로 결론 내렸다.

빈센트는 재판이 끝난 후 "인생에서 가장 힘든 2년이었다. 나를 믿어준 모든 사람에게 감사한다"라고 말했다.

작지만 확실한 사랑

여기서 주목해야 할 점은 32세 여성의 한 점 부끄러움 없이 자신을 정정당당하게 공개한 점이다. 자신의 사진이 인터넷에 나가는 것을 개의치 않았다. 이것은 그녀의 정신건강에 도움이 되기 때문이다.

한국이라면 과연 이런 사실을 공개하는 것이 가능할까? 설혹 남자라고 하더라도 공개적으로 떳떳하게 나설 수 있을까? 나서면 뻔뻔스럽다고 할 것이다. 뻔뻔스럽다고 하거나 말거나 까놓고 나서는 사람이 용기 있는 사람이다.

빈센트 당신은 용감한 여성으로 찬사받아 마땅하다.

청바지 사랑

아침에 청바지를 갈아입으면서 생각이 났다. 청바지를 오래 입다 보니 바지가 바랠 대로 바래버려 색이 허옇게 변했다. 해지거나 낡은 것은 아닌데 색깔이 흐려 터지다 보니 청바지가 청바지 같지 않다. 마치 머리가 하얘진 내 얼굴을 내가 보아도 나 같지 않은 것처럼 바래서 하얘진 청바지를 입으면서 청바지가 청바지 같지 않다.

청바지도 늙으면 하얘지는구나…….

나는 청소년 시절부터 청바지를 즐겨 입었다. 학교에서 집에 돌아오면 곧바로 청바지로 갈아입었다. 청바지를 입으면 몸에 착 달라붙는 게 마음에 들었다. 마치 날아갈 것처럼 기분이 좋고 누구라도 나를 멋지게 보아주는 것 같았다. 그때만 해도 청바지를 입으면 불량청소년으로 보고 어딘가 착실한 아이처럼 보이지 않던 시대였다. 분위기가 분위기인지라 아무리 내가 좋아서 입었다 해도 청바지를 입고 시내에 나다니지는 못했다.

지금 생각하면 나는 내 자아보다는 남들을 의식하면서 살아야 하는 것에 길들어 있었던 것이다. 이 사람 저 사람, 심지어 알지도 못하는 사람들의 눈치를 보며 살았다. 남을 의식하며 산다는 것은 그들에게 착한 소년, 말 잘 듣는 소년이 돼야 한다는 암묵적 기대에서였다. 그렇다고 그 누구에게서 얻어먹는 것도 없으면서…….

그러면서도 마음속 한구석에서는 작으나마 알 수 없는 기성세대에 대한 반항이 일었다. 반항 표출 방법의 하나가 청바지를 입는 것이다. 집에서나마 청바지를 입고 불량청소년처럼 폼을 잡아본다. 그때 히트 친 영화 〈맨발의 청춘〉을 몰래 숨어 들어가 보고 의리라는 걸 우러러보며 울분을 삭이던 그런 시절이었다.

고령인 지금도 나는 청바지를 즐겨 입는다. 집에서는 늘 청바지를 입고 산다. 고령이다 보니 매일 집에서 소일하는 게 일과다. 그러다 보면 한 달 내내 청바지만 입는다. 나는 청바지 외에는 입을 만한 바지가 없다. 청바지도 종류가 많아서 젊어서는 이것저것 다 입어보았다.

한때는 리바이스를 입었는데 허리가 높아서 허리에서 조금만 흘러내려도 바짓가랑이가 질질 끌린다. 리스, 와그너 등 여러 브랜드를 입다가 지금은 러슬러로 고정되었다. 가격도 저렴하고 유행도 없어서 한 번 사면 죽을 때까지 입어도 된다. 여러 벌 사 놓고 갈아입다 보면 바지는 멀쩡하지만, 색이 바래서 허연 게 청바지 같지 않아 버린 바지도 여럿이다.

희한한 것은 미국에서 청바지만 입고 사는 나도 한국에 가면 청바지는 입지 못한다. 어쩌다가 산행을 한다거나 당일 여행을 떠나면 입을까? 집에서는 입지 못한다. 입지 않는 게 아니라 입지 못한다. 청바지를 입고 나가면 고령인 사람이 주책없이 청바지 쪼가리나 입고 다니느냐 하고 쳐다보는 것 같아서다.

왜 이런 마음이 들까?

작지만 확실한 사랑

문화가 달라서 노인이 청바지를 입고 다니는 사람이 없기 때문이기도 하고 마치 불량 노인처럼 보이는 것도 사실이다. 설혹 남들의 눈치를 무시하고 청바지 입는 것을 고수하다 보면 결코 고운 눈빛을 받지 못하리라. 이건 어디까지나 내 짐작이지만……

이것이 나 혼자만의 생각이라고 할 수도 있겠으나 분위기가 그렇게 흐르는데 구태여 거역할 이유가 있겠는가? 나도 분위기 따라가는 게 속 편하기 때문이다. 나름대로 해석해 보면 동양문화는 알게 모르게 유교나 불교문화에 물들어 있어서 그런 것 같다. 겉으로 보기에 그렇지 않은 것 같아도 속은 오랜 문화가 쌓여 있기 때문이란 생각이 든다.

다시 미국에 오면 금세 청바지로 갈아입는다. 청바지로 갈아입고 돌아서는 순간 십 년은 젊어진 기분이다. 한국에서는 아무리 자아를 찾아 살아보려고 해도 되지 않는다. 나처럼 미국에서 평생을 살다시피 한 사람도 이럴진대 한국에서만 사는 사람이야 말해 무엇하랴. 젊은이들 사이에서 자아를 찾는 책이 베스트셀러 자리를 고수하는 이유가 다 그래서일 것이다.

삶의 질서

X 세대니, 밀레니얼 Y 세대니, Z 세대니 하면서 새롭다는 걸 강조한다. 새롭다고 해서 자녀가 반드시 있어야 할 필요는 없다고 '노 키즈'를 부르짖지만, 그것은 젊어서의 생각일 뿐, 실제로 살아보고, 경험하고 하는 말은 아니다. 먼저 살아본 사람으로서 한마디 하자면 젊은 사람들이 생각하는 것처럼 인생은 그렇게 호락호락하지 않다는 것이다. 40이 넘도록 결혼도 하지 않고 아이도 낳지 않는 것은 인생 낭비다.

연령이 점점 젊어지면서 새 시대 현상은 두드러지게 나타난다. 결혼은 안 해도 좋고, 애도 굳이 안 낳고 싶다.

작지만 확실한 사랑

TV나 라디오는 안 보고 유튜브나 본다. 통일은 안 하는 게 좋고, 공무원이 최고의 직업이 아니다. 일본, 북한, 중국 순으로 싫고 미국이 제일 좋다. 이런 개인주의, 이기주의 성향이 두드러지게 나타난다.

그런데 왜 젊은 세대일수록 미국이 좋다고 하는 걸까? 자유 때문일 것이다. 개방문화나 개인주의 발달도 자유라는 보편적인 가치 위에서 생성되기 때문이다. 한 가지 분명한 것은 젊은이, 중년, 늙은이 할 것 없이 한국 사람들은 미국을 오해하고 있다.

미국은 자유의 나라라고 오해하는 것이다. 미국이 자유의 나라인 것은 맞다. 그러나 한국인이 생각하는 그런 자유는 아니다. 자유라고 해서 내 멋대로 살아도 되는 자유가 아니라는 말이다. 한국인들이 미국에 살러 오면 한국에서는 안 하던 짓을 해 보는 경향이 있다. 낡고 구멍 난 청바지를 입는가 하면 남자는 수염을 기르기도 하고 음식을 들고 다니면서 먹기도 한다. 한국에서는 안 하던 모습이다. 한국에서 못해본 것을 미국에서는 자유로이 해 보는 것이다.

그런 면에서 미국이 자유인 것은 사실이다. 하지만 지

켜야 할 의무와 책임을 다하고 난 다음에 자유를 요구하
는 나라가 미국이다. 자유라고 해서 거저가 아니다.

젊은 세대가 미국을 좋아하지만, 오해도 있는 것처럼,
자신의 행복을 우선시하지만, 오해도 있다는 것을 인식
했으면 한다. 우주에는 질서가 있고, 법칙이 있듯이 삶도
마찬가지여서 싫든 좋든 따라야 하는 게 순리다. 순리에
어긋나면 후회가 따른다.

작지만 확실한 사랑

내가 겪은 풋사랑

　중학교 3학년 때의 일이다. 이웃에 여자중학교 3학년 학생이 있었다. 부모님들도 잘 아는 사이여서 우리도 알고 지냈지만, 친하지는 않았다. 그때만 해도 나는 숫기가 없어서 만나도 똑바로 쳐다보지도 못했다. 흘깃 보면서 속으로 그렇구나 하는 식이었다. 졸업 때가 다가오면서 사인지라는 것을 돌렸다. 사인지는 연판장 돌리듯 친구들에게 나눠주면서 졸업 기념으로 축하한다는 글을 받아내는 것이다. 지금은 어떤지 모르지만, 그때는 사인지가 유행했다. 나는 여학생에게 차마 졸업 축하 글을 써 달라고 사인지를 주지 못했다. 하지만 뜻밖에도 여학생에게서 사인지를 받았다. 사인지를 받아 든 손이 나도 모르게 떨렸고 마음도 두근거렸다. 두근거리는 마음은 며칠 동안 이어졌고, 뭐라고 써야 할지 떠오르는 게 없었다. 결국, 시간만 질질 끌다가 한 자도 쓰지 못해서 돌려주지 못했다.

그리고 얼마 지나지 않아서 여학생으로부터 쪽지처럼 접은 편지를 받았다. 그것도 우편으로 받은 것도 아니고 여학생이 직접 찾아와서 전해주는 바람에 얼떨결에 받아들었다.

편지를 전해준 여학생이 얼굴을 붉혔는지 어땠는지를 미처 확인도 하기 전에 곧바로 뒤돌아서 가버렸다. 나는 편지를 받아들고 당황했다. 편지를 읽어야 할 텐데 누가 보면 어느새 연애 편지질이나 한다고 할까 봐 두려웠다.

피뜩, 가장 확실하고도 비밀스러운 장소로 재래식 화장실이 떠올랐다. 화장실로 들어가 두근대는 마음을 진정시키면서 편지를 펴보았다. 노트 한 장을 뜯어서 쓴 편지에는 깨알 같은 사연이 적혀 있었다. 지금은 자세히 기억나지 않지만, 내용은 섭섭하다느니, 거만하다느니 하는 식으로 나를 힐난하는 건지, 원망하는 건지 아무튼 불만이 많다는 사연이었다. 나는 다시 편지를 접혀있던 고대로 접어서 주머니에 넣었다.

그 후로 화장실에 갈 때마다 편지를 꺼내서 읽곤 했다. 내용은 별것 아니었지만 읽을 때마다 가슴이 떨리고 울렁댔다. 잔잔한 흥분을 즐기곤 했다. 나중에는 하도 많이 읽어서 종이가 너덜너덜해지고 말았다. 더는 글자가 보이지 않을 만큼 접었던 자리가 낡고 해져서 할 수 없이 성냥불을 붙여 태워버렸다.

중학교 2학년 때였다. 생물 시간에 선생님이 호르몬이라는 이야기를 하게 되었다. 한창 사춘기에 접어든 학생들에게 호르몬이라는 단어는 민감하게 받아들여졌다. 선생님은 호르몬은 눈으로 볼 수 없다고 했다. 몸에서 나오는 것은 분비물이지 실제로 호르몬이 아니라고 하면서 호르몬이 섞여 있어도 눈으로 볼 수 없는 것이라고 설명했다.

그날 오후, 수업이 끝나고 나는 당번이 돼서 교실 청소를 해야 했다. 다섯 명이 청소를 끝내고 집에 가려는 차에 나보다 나이가 많은 수길이가 생물 선생님이 구라친다는 것이다. 너희들은 몰라서 그렇지 호르몬이 눈에 빤히 보이는데 무슨 소리냐는 것이다. 나는 귀가 솔깃했다. 수길이는 호르몬을 직접 보여주겠다면서 자리에 앉아 지퍼를 내렸다. 청소를 끝낸 당번 애들 네 명이 반짝이는 눈을 깜빡거리며 수길이를 에워싸고 앉아서 수길이가 보여주기로 한 호르몬을 기대하고 있었다.

수길이는 마치 무대 공연을 하는 것처럼 포즈를 취하더니 거시기를 꺼냈다. 아이들은 시험문제를 훔쳐보듯 진지하고 심각한 표정으로 하나라도 놓쳐서는 안 되는 것처럼 눈여겨보았다.

아닌 게 아니라 수길이의 거시기에서 대합이 물을 뿜어내듯이 희끄무레한 액체가 쭉~ 뻗어 나왔다. 수길이는 보란 듯이 교실 바닥에 쏟아놓은 희끄무레한 액체를 송곳으로 쿡쿡 찍어대면서 "자! 이래도 호르몬을 볼 수 없다고? 선생님이 학생들이 어리다고 깔보고 거짓말을 한 거야" 하면서 으쓱거리며 뽐냈다.

나는 처음 보는 것이어서 놀랍기도 했지만, 정말 수길이의 말이 옳다고 믿게 되었다. 그것이 진짜 호르몬인지 아닌지는 알 수 없으나 눈으로 보기는 처음이었다. 그러면서 호르몬을 눈으로 직접 보았건 말았건, 그것은 중요

작지만 확실한 사랑

한 게 아니었다. 남자의 몸에서 신비의 호르몬이 나온다는 사실이 신기했을 뿐이다.

그날, 집에 오자마자 나도 수길이한테서 배운 대로 시도해 보았으나 호르몬인가, 액체인가는 나오지 않았다. 그렇다고 실망하지도 않았다. 실망은커녕 다음 날도, 그 다음 날도 계속해서 행위는 이어졌다.

여학생한테서 받은 편지가 재로 변해 사라지고 난 다음 내게는 또 다른 이상한 버릇이 생겼다. 편지는 사라졌지만, 이번에는 머릿속에 여학생 생각이 똬리를 틀고 앉아서 지워지려 들지 않았다. 여학생 생각을 하면 하복부가 불끈 서 오르면서 참을 수 없는 욕정이 치솟았다.

참다못해 수음으로라도 해결해야지, 그렇지 않았다가는 온종일 불끈 솟은 텐트가 수그러들지 않았다. 시내버스를 타면 가방으로 앞을 가려야 했다. 남의 사정도 모르고 앞에 앉은 사람이 가방을 들어주겠다고 하면 고맙기는커녕 싫다고, 괜찮다고 주지 않았다.

이런 버릇은 오래도록 지속되었다. 해가 바뀌어 대학에 갈 때까지……

작지만 확실한 행복

"행복한 부부 관계를 유지하는 사람들은 질병이 있어도 생활 만족도가 클 뿐만 아니라 행복도도 크다."라는 연구 결과를 하버드대학 연구팀이 발표한 적이 있다.

이제 막 직장 생활을 시작한 사회 초년병 시절에는 돈과 명예가 행복한 삶의 열쇠일 거라 믿는다. 그러나 나이가 들어가면서 많은 이들이 삶에 있어 돈과 명예보다 더 중요한 것이 있음을 깨닫게 된다.

이를 하버드대학 연구팀(Harvard Study of Adult Development)이 오랜 연구 끝에 증명했다. 하버드대학 연구팀이 75년 넘게 조사한 결과를 바탕으로 행복한 인생의 비밀이 무엇인지 알아봤다.

하버드 연구팀은 1938년 이래 724명 성인 남성의 삶을 추적했는데 이들 중 한 그룹은 당시 하버드대학 2학년에 재학 중인 대학생 그룹이었고, 나머지 그룹은 보스턴에 거주하는 빈곤층 서민들이었다.

이들 중 현재까지 생존해 있는 이들은 약 60여 명이며 이들의 연령층은 대부분 90대인데 여전히 이 실험에 참가자로 남아 있다. 연구 참가자들의 직업은 공장 노동자, 벽돌공에서부터 의사와 변호사들까지 다양했다.

지금까지도 계속되고 있는 이 리서치는 2년에 한 번씩 실험 참가자들이 연구팀 연구원들과 인터뷰를 하는 것과 뇌 스캔과 피검사와 같은 건강 검진을 하는 것으로 진행되고 있다.

연구가 진행되면서 가장 먼저 알려진 사실은, 금연을 하는 것이야말로 건강을 유지하는 비법인 것으로 밝혀졌다. 그리고 가족 또는 친구들과 만족스러운 인간관계를 유지하고, 유지하려고 노력하는 이들이 그렇지 않은 이들보다 훨씬 더 건강하고 행복한 것으로 집계됐다.

이 연구팀의 4대 책임 연구원인 로버트 와그너 신경정

신과 교수는 "우리 연구팀이 75년에 걸쳐 조사한 바 가장 확실한 것 한 가지는, 한 인간의 삶을 행복하고 건강하게 만드는 것이 바로 좋은 인간관계라는 것이었다."라고 말한다.

연구팀에 따르면 은퇴 후에도 행복하다고 말하는 이들의 공통점은, 새로운 환경이나 은퇴 후 시작한 새로운 일터에서 새로운 친구를 만들고 이들과 활발한 관계를 맺고 교류를 하는 것으로 나타났다.

결혼생활이 불행한 부부는 건강에도 심각한 악영향을 미치는 것으로 나타났는데, 이는 이혼이 건강에 미치는 영향보다도 더 나쁜 것으로 조사됐다. 즉 부부 관계가 좋은 이들은 배우자 중 한 명이 질병을 앓고 있다 할지라도, 여전히 행복한 삶을 산다고 느끼는 것으로 조사됐다.

반대로 불행한 부부 관계나 인간관계를 맺고 있는 이들은 육체적 고통이나 질병을 훨씬 더 크게 느끼는 것으로 나타났다고 연구팀은 밝혔다.

작지만 확실한 사랑